산 아래 작은 암자에는 작은 스님이 산다

산 아래 작은 암자에는
작은 스님이 산다

| 초판 1쇄 발행_ 2014년 3월 10일
| 초판 2쇄 발행_ 2014년 12월 10일

| 지은이_ 현진
| 펴낸이_ 오세룡
| 주간_ 이상근
| 기획·편집_ 박성화 손미숙 박혜진 최은영
| 디자인_ 고혜정 최지혜
| 홍보 마케팅_ 문성빈
| 펴낸곳_ 담앤북스
　　　　서울특별시 종로구 사직로8길 34 (내수동) 경희궁의 아침 3단지 926호
　　　　대표전화 02)765-1251 전송 02)764-1251 전자우편 damnbooks@hanmail.net
　　　　출판등록 제300-2011-115호
| ISBN　978-89-98946-14-2　03810

이 도서의 국립중앙도서관 출판시도서목록(CIP)은 서지정보유통지원시스템 홈페이지(http://seoji.nl.go.kr)와 국가자료
공동목록시스템(http://www.nl.go.kr/kolisnet)에서 이용하실 수 있습니다.(CIP제어번호: CIP2014007340)

정가 14,000원

느슨하게...| 단순하게...|
소소하고 고요하게...|

산 아래 작은 암자에는 작은 스님이 산다

현진

담앤북스

길에서 길을 묻는가?

행복은 어디에서 오는가?

　　침묵의 숲이 잔기침을 하면서 깨어나고 있다. 머지않아 숲에는 수런수런 신록의 문이 열릴 것이다. 그때 나도 숲에 들어가 그 대열에 동참하고 싶다. 나무들이 새움을 틔우듯이 연둣빛 물감을 마음껏 풀어내고 싶은 그런 심정이다.

　　새로 마련한 수행 거처에서 세 번째 봄을 맞는다. 처음 이곳으로 오자마자 나무를 심고 집도 지으면서 정성을 들이며 고생했다. 이런 과정 속에서 자연과 숲이 주는 안식을 새삼 느낄 수 있어서 산거山居가 무척이나 즐거웠다.

　　요즘은 생애의 길목마다 삶의 중심이 되는 일과 사람이 있다는 것을 실감하며 지낸다. 과거의 일이 어떠했든 지금은 이곳에서의 인연들이 내 인생의 중요한 부분이다. 시절인연이 주어지는 만큼 나는 이곳에서 오랜 기간 안주할 생각이다.

여기 실린 글은 시골 암자에 살게 되면서 그때그때 마주한 일과 인연들에 대한 연유와 소회를 적은 것이다. 이제 이곳에서 내 식대로 살면서 보다 단순한 삶을 실험하며 살고자 한다. 지금껏 무작정 걸어왔던 삶의 속도를 느슨하게 조절하면서 어떤 것이 수행자의 본질적인 삶인가를 매 순간 나 자신에게 물을 것이다.

이 세상 모든 이들이 행복하길.

2014년 초봄 무설산방에서

현진

그대 지금 간절한가?

"그대 지금 간절한가?"
하루하루 얼마나 간절한 삶을 살고 있는지를 묻고 있는 것 같았다.
간절함은 그 삶에 대한 소중함을 부여한다.
어제 죽은 이에게는 오늘 하루가 그토록 간절하게 원했던 시간이었는지 모른다.
왜냐하면 하루만 더 살 수 있기를 소원했을 테니까.

그대 지금 간절한가?

날씨가 많이 쌀쌀해졌다. 어제부터 난로에 장작불을 지피고 있다. 어느새 옷깃을 여미게 만드는 겨울 초입. 앙상한 가지를 드러낸 느티나무가 찬바람에 떨고 있는 것 같다.

내가 출가하던 그해도 오늘처럼 스산한 겨울 길목이었다. 절 근처 사하촌寺下村에 도착했을 때 내 주머니에는 약간의 지폐와 동전이 남아 있었다. 그때 가장 먹고 싶은 음식이 무엇인가를 떠올려 보았다. 그 순간 눈에 들어온 것이 김이 모락모락 피어오르는 호빵이었다. 가게에서 호빵을 맛나게 사 먹고 초콜릿도 하나 사서 먹었던 기억이 난다. 그리고 아무 미련 없이 숲길을 걸어 산문山門 속으로 들어갔다.

사람들은 누구나 삶의 길목마다 간절한 일들이 있을 것이다. 그 간절함의 대상은 사람일 수도 있고, 물건일 수도 있고, 원하는 일일 수도 있다. 예를 들어 시험을 치른 학생에게는 합격이 간절함의 대상일 것이고, 병든 사람에게는 쾌유가 가장 간절한 일일 것이다. 이처럼 사람은 생애의 순간마다 간절한 대상이 있게 마련이다.

내가 출가할 때의 그 간절함은 생에 대한 의문이었다. 자신이 지니는 간절함에 대한 답을 찾지 못하면 스스로 답을 향해 걸어가게 된다. 나 또한 그 답을 해결하기 위해 지금까지 출가의 길을 걷고 있다.

나는 가끔 스스로 물어보게 된다. 출가하던 그 시절의 간절함으로 수행하고 있는지를. 어쩌면 명쾌한 답을 아직도 찾지 못하는 이유가 여기에 있는지도 모르겠다. 간절함이 사라지면 삶의 방향을 상실할 때가 있기 때문이다. 어느 스님에게 책을 선물 받았는데 표지 뒷장에 이렇게 써 놓았다.

'그대 지금 간절한가?'

하루하루 얼마나 간절한 삶을 살고 있는지를 묻고 있는 것 같았다. 간절함은 그 삶에 대한 소중함을 부여한다. 어제 죽은 이에게는 오늘 하루가 그토록 간절하게 원했던 시간이었는지 모른다.

왜냐하면 하루만 더 살 수 있기를 소원했을 테니까.

이처럼 간절하다는 것은 인생을 진지하고 철저하게 살 수 있는 조건이나 배경이 된다. 간절함이 사라진 삶은 생동감이 없고 시들 해지기 쉽다. 따라서 간절한 자세로 하루를 시작한다는 것은 참 으로 중요하다.

또한 신앙을 가진 사람들은 신행에 대한 간절함이 어느 정도인 지를 물어야 한다. 간절함이 없다면 맹목적인 신앙을 가지거나 타 성적인 기도를 하고 있다는 방증이다. 기도가 간절할 때 신심이 일어나고 그 신심을 통해 어떤 가피를 경험하기 때문이다.

미국 동북부 애리조나 사막 지대에 살고 있는 호피(Hopi) 인디언 들은 척박한 환경 속에서 살아가는 부족으로 유명하다. 호피 인 디언들이 살아가는 땅은 1년 강수량이 250밀리리터 이하의 사막 지대에 해당되어서 비 구경하기가 쉽지 않다. 그런데 이 사람들은 모래 언덕 경사면 아래에 옥수수, 콩, 호박 등을 심는다고 한다. 그곳은 바람을 피하기 좋고 비가 오면 습기를 가장 많이 머금기 때문이다.

이 사람들은 자신들의 부족들에게 이런 척박한 환경을 이탈하 지 않도록 공동체 의식을 심어 주기 위하여 기우제를 날마다 지낸다. 그런데 사막에는 많은 양은 아닐지라도 갈증을 풀어 줄 정도의 비가 한 달에 한 번은 내린다. 그래서 호피 인디언들의 기우제는 비가 내릴 확률이 100퍼센트라고 한다. 왜냐하면 하루도 쉬지 않고 비가 올 때까지 기우제를 지내는 까닭에 그렇다.

이 인디언들의 이야기를 읽으면서 신앙하는 자세도 이와 같으면 어떨까 하는 생각을 해 본다. 다시 말해 소원이 이루어질 때까지 기도를 쉼 없이 한다면 '성취율 100퍼센트'가 될 수 있다는 의미다. 그렇다면 이루어지지 않을 소원은 없을지도 모른다.

신행에도 이런 간절함이 있어야 한다. 『도덕경』에 "까치발로는 오래 서 있을 수 없고, 큰 걸음으로는 오래 걷지 못한다."는 가르침이 있다. 기도하는 자세에는 토끼 걸음보다 거북이의 걸음이 요구될 때가 많다. 속효심을 내지 말고 슬금슬금 꾸준히 하는 부지런함이 필요하다는 말이다. 이처럼 조급함은 신행에도 그렇지만 삶에 대한 진지한 태도도 아니다.

때로는 삶에 대한 집념과 성실함이 신성神性이라는 생각을 해 보게 된다. 선풍기가 정지해 있을 때는 바람을 일으키지 않지만 날개가 반복하여 회전할수록 바람의 세기가 강력해진다. 우리의 삶 또한 어떤 반복을 통하여 자기 인생의 바람을 일으켜야 한다. 그래서 그 회전의 힘을 통해 자기 변화를 모색할 수 있다면 일상의 반복은 더 이상 지루하거나 무료하지 않다. 오히려 그 평범한 반복이 삶의 원동력이 되기 때문이다. 늘 반복하는 출퇴근을 더 이상 할 수 없다고 생각해 보라. 반복적인 그 일상이 도리어 간절해질 것이다.

오늘도 이렇게 질문을 던져 보라. 나는 지금 생에 대하여 얼마나 간절한가….

흐름을 살펴라

9세기의 선승, 중국의 법상法常 선사. 일찍이 출가하여 한평생 산을 내려오지 않고 수행했던 분이라서 그의 주변 일화에는 삶의 교훈이 많다.

나는 스님이 남긴 법문 가운데 '수류거隨流去'라는 표현이 무척 마음에 든다. 그래서 한동안 이 법어를 붓글씨로 써서 내 방에 걸어 두기도 했다.

'흐름을 따라가라.'는 이 말에 주목할 필요가 있다. 연일 시끄러운 정치권의 복잡한 일들을 지켜보면서 이 법어 한마디가 새삼 화두가 되었다.

흐름을 따라가라고 표현했지만 사실은 흐름을 살펴야 한다는 말이다. 인간사에서는 흐름을 살펴야 한다. 현재의 시류나 인생의 흐름이 명예나 권력을 따라가는 것은 아닌지 살펴야 한다. 무심코 돈과 욕망을 따라가다 보면 필경에는 망신과 화를 부르기 때문이다.

마하트마 간디의 어록을 보다가 마음에 와 닿는 명언이 있어서 밑줄을 그어 두었는데 소개하면 이렇다.

"질서가 잡힌 나라에서는 발전을 부富로 측정하지 않는다. 국민과 지도자의 순결만이 국가의 진정한 재산이 될 수 있다."

여기서 말하는 순결은 사회 윤리를 가리키는 것이다. 그렇다면 사회 정의가 바로 선 나라가 선진국이다. 다시 말해 국민 소득이 높은 나라가 강국이 아니라 신뢰가 형성된 나라가 진정한 강국이라는 말이다. 그 나라 국민의 생활 수준보다는 국가 지도자의 청렴 수준이 높을 때 그 나라는 희망이 있는 국가다. 그렇다면 우리 사회와 국가 지도자의 순결 점수는 어떤가? 이 순결 점수가 높아야 선진 사회라는 것은 강조할 필요가 없을 것 같다.

경제 정의가 무엇인가. 돈의 흐름이 투명하게 쓰이는 사회를 말한다. 그런데 지금은 돈의 거래가 어둡고 부당하게 이루어지고 있다. 이런 뒷거래가 많은 나라는 절대 사회 정의가 올바로 설 수 없다는 게 내 생각이다. 더욱이 돈의 흐름이 사회 정의와 역행하면 그 나라에는 부패의 곰팡이가 자라기 마련이다.

한나라 때 양진揚震이라는 사람이 있었다. 이 사람은 똑똑한 관리였다. 자신에게 뇌물을 바치려는 자들에게 '사지四知'에 대해 말해 주었던 인물이다. 즉 '하늘이 알고, 땅이 알고, 네가 알고, 내가 안다.'는 것이다.

인디언들은 누군가에게 선물을 줄 때, 상대방의 눈에 띄는 곳에 말없이 놓아두고 간다고 한다. 생색내지 않기 위해서다. 무슨 뜻이나 이유를 붙여 전달하지 않는 것이다. 불교식으로 말하면 '무주상無住相'이다. 그런데 물건을 줄 때 상대방이 알게 전달하는 것은 뇌물에 가까운 인사다. 목적이 담긴 선물에는 반드시 그 대가가 따른다는 것을 명심해야 한다.

당대唐代의 시인 백거이가 쓴 『비설록霏雪錄』에 아래와 같은 내용이 있다.

뽑은 비단실 몸에 한 번 못 걸치네.
굶으며 모은 꿀 남 입으로 들어가네.
명예다 지위다 탐내는 노인이

이 벌레들과 다를 게 무엇인가?

누에가 아무리 비단실을 뽑아도 자기는 입어 보지 못하고, 벌이 아무리 꿀을 모아도 제 입으로 들어가지 못한다. 명예와 지위에 목숨 바치는 인생이라면 저 벌레와 무엇이 다른가. 재물을 모으고 출세하는 것만이 최고의 가치와 목표는 아닐 것이다.

절 정원에 심어 놓은 백합이 만개하여 비 갠 오늘 아침은 유난히 그 향기가 짙다. 어제 저녁나절에 풀을 뽑아 준 절 마당이 한결 정갈하여 좋다. 이런 사소한 즐거움이 내부로부터 배어 나오면 그것이 행복이다. 사소한 기쁨을 놓치면 행복을 발견하지 못한다.

살아가는 의미가 재산과 명예에만 있는 게 아니다. 이외에도 보다 높은 긍지와 가치들이 더 많다는 것을 알아야 불행하지 않다. 대기업 총수와 고위 공직자들의 검찰 조사를 지켜보면서 재산과 명예가 없어서 오히려 속 편할 때가 있다는 생각을 해 본다.

고난 예찬

　살아가면서 어떤 곤경에 빠지거나 위기를 만나면 자신의 상황이 최고로 절박하며 지금의 고통이 몇 배로 크게 느껴진다. 이때는 자신의 아픔밖에 보이지 않는다. 그래서 자신만 이런 어려움을 겪는다고 한탄하며 긴 한숨을 쉰다. 그러나 고개를 돌려 보면 주위의 많은 사람들이 그들 나름의 고통을 감내하고 있다는 것을 알게 된다.

　유대교 신비주의 하시디즘에는 '슬픔의 나무'에 관한 우화가 전해진다. 사람이 죽으면 영혼은 천국의 문 앞에 있는 커다란 나무 앞으로 가게 되는데 그 이름이 슬픔의 나무다. 그 나무에는 사람들이 삶에서 겪은 온갖 슬픈 이야기들이 가지마다 매달려 있다.

영혼은 자신의 슬픈 이야기를 적어서 나뭇가지에 걸어 놓은 뒤, 나무를 한 바퀴 돌며 그곳에 적혀 있는 다른 사람들의 이야기를 읽는다. 마지막에 이르러 그 이야기들 중에서 어떤 하나를 선택하면 다음 생을 살 수 있는 기회가 주어진다. 자신보다 덜 슬퍼 보이는 삶을 선택하면 다음 생에 그렇게 살 수 있게 된다는 뜻이었다.

하지만 어떤 영혼이든 결국에는 자신이 살았던 삶을 다시 선택한다고 한다. 많은 사람들의 이야기 중에서 그래도 자신이 살았던 삶이 가장 덜 슬프고 덜 고통스러웠다는 것을 깨닫는다는 것이다.

알고 보면 누구나 자기만의 슬픔이나 고민이 있기 마련이다. 이 고민과 문제가 유독 자기 것만 커 보이기 때문에 남의 인생을 들여다보고 싶은지 모른다. 불완전한 삶 자체가 생동감 있는 인생이다. 약간의 모순과 갈등일지라도 삶의 동반자로 인정하는 태도가 무엇보다 중요하다.

따라서 현재의 고난을 건너는 방법은 나보다 더 힘든 이들을 떠올리는 일이다. 그럴 때 자신 안에서 용기와 희망이 시나브로 소생한다. 내가 힘들면 타인의 삶이 무척 행복해 보일 수가 있다. 이때는 자신보다 더 불행한 처지에 놓인 인생을 들여다보아야 한다. 그래야 지금의 상황을 탓하거나 불만을 가지지 않는다. 그러므로 위보다는 아래를 보고 사는 게 정신 건강에 이롭다.

쇼펜하우어도 이런 교훈을 남겼다.

"어떤 재난을 당하였을 때 가장 효과적인 위로는 자기보다 더 불행한 사람을 돌아보는 일이다."

일상에서 행복한 조건만을 따지는 어리석은 사람들이 많다. 궁극적으로 행복이 무엇인가. 불행한 일이 없으면 그것이 행복이다.

"불행이 적을수록 행복 지수는 높아진다."

이것은 내가 알고 있는 행복 공식이다. 행복 추구가 삶의 목적이 되면 늘 목마르다. 하지만 불행을 줄이는 일에 삶의 목적을 둔다면 작은 일에도 행복감으로 충만된다.

어느 해 여름, 티베트에서 새벽을 맞이한 적이 있었다. 설산 고원의 밤하늘에는 크고 작은 수많은 별들이 수를 놓은 듯 총총했다. 짙은 어둠이 지나고 난 다음의 새벽녘이면 하늘의 별은 더욱 선명하고 아름다웠다. 마치 별들의 무덤처럼 미지의 별들이 앞다투어 반짝이던 그 광경을 지금도 잊지 못한다.

밤하늘에는 어둠이 있어야 별이 찬란하다. 우리 삶에서도 고통과 시련이 있어야 삶이 빛난다. 짙은 어둠을 경험한 자만이 거룩한 새벽을 맞이하듯 고통과 시련의 과정을 수용할 때 인생은 새롭게 거듭날 수 있다.

고통과 역경, 그것은 잠시 삶의 아름다움을 가려 버리는 어둠일 수 있다. 실패와 위기는 인생 전부를 놓친 것이 아니라 그 순간을 놓친 것에 불과하다. 지금, 힘든 시기를 만났다면 어둠이 있는 터널을 지나고 있다고 위로하자. 왜냐하면 터널은 빠져나오는 과정이기 때문이다. 그러므로 참고 기다리면 그 어떤 상황에서도 점차로 소생할 수 있다는 것을 명심해야 한다.

고뇌하지 않는 인생은 쓸모없고 무의미하다. 고통과 좌절의 통로를 지나야 인생도 별처럼 아름다울 수 있다. 비 그친 뒤에 펼쳐지는 무지개가 더욱 선명한 것도 이런 까닭이다. 음식도 맵고 짜지 않으면 맛이 없다. 파란만장한 삶이 때로는 인생의 간이 되기도 한다.

그렇지만 무엇인가가 삶을 힘들게 할 때는 이렇게 생각하자.

'이보다 더 큰 일이 생기지 않은 것은 다행이다.'

'과거에도 이와 같은 힘든 사건들이 있었다. 이것도 지나고 나면 아무렇지 않다.'

'지금의 이 시련은 병에 대한 약을 처방한 것이다. 이겨내면 더욱 견고해진다.'

고난도 잘 이겨내면 삶의 좋은 교훈이 충분히 될 수 있다. 일찍이 니체는 이런 잠언을 우리에게 전했다.

"차라리 고난 속에 인생의 기쁨이 있다. 풍파 없는 항해, 얼마나 단조로운가! 고난이 심할수록 내 가슴은 뛴다."

내 인생의 절반은
어머니 것이다

시골집에 다녀왔다. 내가 태어나고 자랐던 그곳, 50년은 족히 넘었을 그 낡은 집을 다시 다녀왔다. 저 멀리 시골집이 눈에 들어오자 아직도 가슴이 설레었다. 마당 한편의 텃밭에서는 상추와 쑥갓이 평화롭게 자라고 있었다.

어머니는 양철 지붕의 그 집을 떠나지 않고 계신다. 올해 91세. 부쩍 관절이 불편하여 오래 서 있지는 못하지만 고령의 나이와 견주면 정정하시다. 지금껏 그 집을 찾는 것은 오로지 노모 때문이다. 만약 어머니의 부재不在 시절이 온다면 아주 갈 일이 없을 테다.

출가 후, 오랫동안 시골집을 찾지 않았다. 풋내기 햇중 시절에는 속가를 찾아가는 것은 수행에 방해가 된다는 이유로 일종의 금지 구역으로 여겼었다. 수행이 무르익지 않았을 때 세속과의 잦은 왕래는 그 결심을 흔들리게 할 수 있는 까닭이다. 실제로 내 주변에는 초심初心 시절에 집안 왕래를 하다가 환속하게 된 도반이 많다.

그러나 출가인의 금족禁足은 어디까지나 집착과 인정을 경계하기 위한 수단일 뿐 목적은 아니다. 세속에 출입하여도 시류에 물들거나 탐착하지 않을 수 있다면 굳이 구분할 필요는 없다. 이른바 고기를 잡은 후에는 통발을 버리는 지혜가 있어야 한다. 수행자라고 해서 무조건 부모님을 외면한다면 이는 강을 건넌 뒤에 뗏목을 어깨에 짊어지고 다니는 어리석음과 같을 것이다.

나는 출가 10년을 넘긴 후에야 그 경계에서 자유로워졌다. 사실 출가한 입장에서는 가족은 방해되는 인연이라고 생각할 테지만, 가족의 입장에서는 부모 봉양의 책임을 회피하는 선택이라 생각할 수도 있다. 그래서 화해한다는 것은 서로의 입장을 이해하면서 조화로운 인연으로 살아가는 것을 말한다. 이쯤에서는 출가자로서 가족들을 만나고 소통할 수 있어야 옳다.

5년 전 이맘때 어머니를 모시고 와서 내가 살고 있던 절에서 며칠 함께 지냈다. 그때 모친은 순진한 아이처럼 밝게 웃으셨다. 그

해 봄에 어머니를 모시고 제주도 여행을 하고 왔다. 이 일은 아주 오래전부터 마음먹은 일이라서 무슨 숙제라도 마친 것처럼 마음이 가볍다. 기나긴 모정의 세월을 짧은 나들이로 보상할 수는 없지만 손을 잡고 함께 시간을 보냈다는 것만으로도 위안을 삼고 싶었다. 그즈음 어머니는 막내아들의 청을 받아들여 평생 고집해 오시던 쪽머리의 비녀를 빼고 긴 머리를 잘랐다. 다른 할머니들처럼 뽀글뽀글 파마를 하시고는 또 아이처럼 웃으셨다. 어색한 단발을 좋아하지 않을 성격이지만 출가한 아들의 관심이 고마워서 덥석 머리를 자르자는 데 동의하셨을 것이다. 어머니 마음은 그렇다.

내가 중학교 다니던 시절을 떠올려 본다. 그때는 도시에서 학교를 다니고 있을 때였다. 어쩐 일인지 어머니가 그리워서 마지막 버스를 타고 시골집을 찾아갔던 적이 있다. 날이 저문 시각에 손전등도 없이 10리 길을 걸어서 마을 어귀에 도착했을 무렵에는 온통 칠흑 같은 어둠이었다. 그때 내 무서움을 위로해 준 것은 저 멀리 보이는 시골집의 불빛이었다. 어머니가 불을 밝히고 계시다는 그 자체가 이미 수호자처럼 느껴졌는지도 모르겠다.

대문에 이르렀을 때 어머니에 대한 그리움이 밀려와서 그랬던 걸까, 아니면 낯선 객지 생활에 대한 설움 때문에 그랬던 걸까. 와락

문을 열고 나오는 어머니를 보자마자 그 자리에서 눈물을 서럽게 쏟아 내었다. 달려나온 어머니는 나를 말없이 다독이며 안아 주었다. 어머니의 품에서는 방문의 목적이 궁금하기보다는 밤길을 걸어온 자식에 대한 걱정이 먼저 묻어났다.

다음날은 어머니와 함께 있었고 학교는 결석. 그렇지만 어머니는 혼내거나 따지지 않고 끼니때마다 정성스럽게 밥상을 차려 주었다. 누구나 경험했겠지만 객지 생활이 밥을 굶어서 배가 고프겠는가. 때로는 어머니의 따스한 정이 그리워 허기질 때가 있는 법이다. 그 시절에는 내가 그랬던가 보다. 어머니의 그 말 없는 사랑과 손길은 그 어떤 약초보다 뛰어난 보약이었다고 믿는다. 그 후로는 학업 중에 어머니를 불쑥 찾아가거나 걱정을 끼친 일은 없었다.

어머니의 존재는 보이지 않는 힘이며 신앙이다. 옛말에 "벼는 주인 발소리를 들으며 자라고 자식은 부모의 치성으로 자란다."고 했다. 이 세상이 아무리 각박할지라도 모성적인 사랑이 우리들을 구원할 수 있다. 그런 점에서 오늘날 내 인생의 절반은 어머니의 정성과 염려 덕분이다.

충북 청주의 공찰公刹 주지 소임을 마치고 나면 고향 근처의 절에서 어머니를 모실 것을 약속했는데 그 인연도 주어지지 않았다. 청주 인근의 사찰로 거처를 옮긴 후 어머니가 초파일에 오셔서 하룻밤을 머무셨는데 시골집보다 불편하다고 하셨다. 그나마 큰형님 내외와 함께 지내고 계셔서 마음이 놓이긴 하지만 어머니를 생각하면 이래저래 송구한 마음만 앞선다. 천세千歲를 더해 만세萬歲를 사신다 해도 자식의 마음은 부족하다. 어머니의 만수무강을 기원한다.

매화꽃이 피려 하네

하루에도 몇 번씩 매화나무 곁으로 발걸음을 옮긴다. 공양하러 갈 때도 들러 보고 봄볕에 산책을 할 때도 가 본다. 그러나 아직은 때가 아닌 모양이다. 그 은밀한 속을 열어 보이지 않는다. 지난해에 옮겨 심은 홍매紅梅 한 그루가 이렇게 나를 애태우고 있다. 지난해의 일기를 확인해 보았더니 4월 6일의 기록은 이렇다.

청매 피다.
터질 듯 부풀어 있던 꽃망울이 드디어 터지다.
초봄부터 얼마나 초조하게 기다린 화신花信인가.
오늘에야 짙은 암향暗香을 풍기기 시작한다.

어김없는 우주의 신비와 자연의 질서 앞에 겸허해진다.

지난해의 시기와 견주어 본다면 하루나 이틀을 더 기다려야 개화의 순간을 맞이할 것 같다. 내가 살고 있는 이 절에 오던 해 여기저기 매화 묘목을 심었는데, 어느새 어른 키만큼 자랐다. 그리고 그때 수령이 제법 된 청매 두 그루도 함께 가져와서 친구로 삼았다. 그 나무들이 이제는 든든히 뿌리를 내리고 자리를 잡고 있다.

한 달 전에 이웃 절 스님이 매화 그림 한 폭을 주고 간 뒤로 개화가 더욱 기다려졌다. 청향춘식清香春息. 맑은 매화 향기가 봄소식을 전한다는 뜻. 아직 춥지만 매화 피는 것을 보면 봄이 비로소 왔다는 것을 실감할 수 있다. 그래서 설중매는 반갑고 귀한 선물이 아닐 수 없다.

옛 선비 사회에서는 '탐매探梅'라는 풍류가 있었다. 바람결에 실려 오는 매향을 좇아 춘설 속에 피어난 매화를 찾아다니는 여행이다. 이른 봄 매화를 보기 위해 떠나는 풍경은 탐매도探梅圖에 잘 나타나 있다. 나귀를 타고 털모자를 쓰고 한겨울 매화 구경을 떠나는 선비. 그 뒤를 따르는 시동侍童이 있고 주위는 온통 겨울 풍경이다.

이 그림에는 매화음梅花飮에 필요한 음식과 술, 시를 짓기 위한 문방구 등을 담은 보따리가 보인다. 만개한 매화 아래에서 술 한 잔 음미하고 시를 짓는 선비의 풍류는 생각만 해도 멋지고 낭만적이다. 음주가무로 흥청망청하는 요즘의 봄나들이 풍경과는 비교가 안 된다.

이렇게 찬바람에도 매화를 찾아나서는 것은 봄을 기다리는 심정 때문이다. 그 시절의 겨울은 지금보다 훨씬 혹독하게 추웠을 것이다. 그랬으므로 길고 긴 겨울이 끝나고 어서 봄이 오길 간절하게 바랐을 것이라는 짐작이 가능하다.

여기에다 선비 정신을 대표하는 꽃이라서 시인 묵객들은 그 고결한 향기를 즐겼다. 오죽했으면 매화를 '호문목好文木'이라 했겠는가. 옛글을 보면 매화가 피면 어떤 선비는 그 나무 아래에 자리를 깔고 밤을 지새웠다는 기록도 있다. 이를 보면 옛 선비들의 매화 사랑은 대단했다.

예로부터 매화나무의 가치를 논하는 글 가운데 "해묵은 노목을 귀하게 여기고 어린 나무는 귀하게 여기지 않는다."는 내용이 있다. 매화나무는 성장이 느려 오래 묵은 나무일수록 그 품격이 다르다. 그러므로 유서 깊은 선비 집 마당이나 고찰의 정원을 백 년 이상 지켜 온 고매古梅는 그 격조와 가치가 단연 돋보일 수밖에 없다.

통도사의 묵은 홍매는 사찰 담장과 꽤 잘 어울린다. 몰래 내 정원에 옮겨 놓고 싶을 만큼 욕심나고 탐난다. 이상하게 나이 들수록 오래된 매화나무를 보면 정신을 빼앗긴다.

율곡 선생이 심은 오죽헌의 율곡매도 유명하지만, 퇴계 선생 또한 평생 매화를 즐겼던 위인이다. 그가 세상을 하직하면서 했던 말은 "저 매화나무에 물을 주거라."로 알려져 있다.

기다리던 저 매화나무에 꽃이 피면 자리를 펴고 다로茶爐에 물을 끓일 작정이다. 찻잔에 매화 향기 띄워 놓고 봄맞이를 즐길까 한다.

나무 이야기

오늘은 느티나무 그늘에 앉아서 나무와의 인연을 떠올려 보았다. 이 느티나무는 내가 이곳으로 오던 그해 옮겨 심었는데 뿌리가 단단해졌는지 올해는 그늘을 제법 드리운다.

나무도 팔자와 운명이 있나 보다. 여기의 나무들이 어떤 인연으로 우리 정원까지 왔을까 생각해 보니 참 고맙고 소중하다. 사람도 그렇지만 나무 또한 어떤 주인을 만나느냐에 따라서 운명이 달라진다. 아무리 수형이 멋진 나무일지라도 주인의 관심을 받지 못하고 구석진 곳에 밀려나 있으면 그 품격이 드러나기 힘들다.

나는 길을 걷다가 아주 좁은 공간에 옹색하게 자리를 잡아서 볼품없이 가지치기를 당한 나무를 보면 안타깝고 안쓰럽다. 넓고 여유 있는 곳에 서 있었더라면 그 어떤 나무보다 당당했을 것이다. 그래서 자신의 가치를 알아 주는 주인을 만난다는 건 나무로서는 행운이다. 또한 통행에 불편하다는 이유로 몇 십 년 자란 나무들을 잘라 내는 것을 볼 때마다 나무에게 미안해진다. 어쨌든 나무의 입장에서는 사람 손에 의해 제거당하거나 훼손되지 않는다면 정말 다행한 일일 것이다.

처음 이곳에 자리를 잡을 때 오래된 나무들이 많아서 무척 마음에 들었다. 입구의 참나무 숲이 내 마음을 흔들었고 뒷길의 울울창창한 벚나무들이 내 마음을 설레게 하였던 것 같다. 그리고 울타리로 서 있는 주목들, 뒤뜰의 늙은 감나무들, 높이를 가늠할 수 없는 두충나무 등 이 모든 풍경이 발길을 멈추게 만들었다. 절터가 좋아서라기보다 나무들이 좋아서 이곳을 선택한 것이 첫째의 이유다.

흔히 나무 심기를 '시간의 눈금'이라고 한다. 나무가 키를 키우기 위해서는 건너뛰기나 속성이 통하지 않고 오직 시간의 눈금을 정확하게 건너야 하기 때문이다. 이 정도의 나무 친구들을 만들려면 그만큼의 세월이 흘러야 가능하다. 나무가 굵어지려면 시간의 길목을 돌고 돌아야 한다. 그 세월을 어찌 돈으로 환산할 수 있겠는가. 설령 비싼 값을 치르고 거목을 심는다 하여도 옮겨 심으면 가지가 형편없이 잘려 나가기 때문에 어느 정도 제 모습을 회복하려면 또 세월을 기다려야 한다.

이런 까닭에 나무가 울창한 곳에 절을 짓는다는 것은 조촐한 복이 아닐 수 없다. 여기 오던 첫해부터 나는 법당 짓는 일보다 나무 심는 일을 먼저 했다. 건물은 뚝딱거리면 일 년 안에 완성되지만 나무의 수령은 세월에 맡길 수밖에 없는 것이라서 서두를수록 이익이다. 이사 오던 그해에 단풍나무, 대추나무, 모과나무, 반송, 라일락 등을 자리 잡아 심었는데 모두 내 손길이 간 것들이라서 애정이 새롭다.

올봄에는 마당 주변에 벚나무를 여러 그루 심었다. 뒷길의 벚나무와 조화를 맞추기 위해서다. 저 요사채 뒤의 벚나무처럼 가지가 늘어지려면 십 년 이상은 걸려야 할 것이다. 이렇게 나무에 눈길을 주다 보면 가지를 길게 벌린 큰 나무들이 마냥 부럽다.

이번에 제법 큰 목련 한 그루를 식당채 앞에 심었다. 목련 아래에서 내년 봄에 필 하얀 목련꽃의 정경을 그려 보는 것도 잔잔한 기쁨이다. 산사나무, 왕보리수, 화살나무들이 올해 우리 정원의 새 식구가 되었다는 것도 기록으로 남긴다. 나무가 이렇게 듬성듬성 자리를 잡으니까 오래된 집처럼 아늑하다. 이것이 나무가 주는 위안이다.

인도의 위대한 황제 아소카는 집집마다 세 그루의 나무를 심으라고 권장했다. 약용수를 한 그루 심고 과실수를 한 그루, 또 한 그루는 관상수를 심으라는 것이 그것이다. 나무의 기능과 유용성을 미리 간파한 안목이 아닐 수 없다.

중국의 어느 은자隱者는 자신의 집 앞에 세 개의 길을 만든 후에 첫 번째 길에는 소나무를 심고 두 번째 길에는 대나무를, 세 번째 길에는 국화를 심었다고 한다. 여기에도 인연이 된다면 이렇게 세 개의 길을 내고 이런 수목들을 심고 싶다.

후박나무도 심고 싶었지만 그 나무는 올해도 인연이 닿지 않아 옮겨 오지 못했다. 내가 아끼는 수종은 자귀나무다. 전에 살던 절에서 이곳으로 거처를 옮길 때 자귀나무 그늘을 즐기지 못하는 게 제일로 아쉬웠다. 그래서 지난해에 이 나무를 구해 심었는데 아직은 생육 상태가 좋지 않아 몸살 중이다. 백일홍으로 알려진 배롱나무는 지난겨울 언 피해가 있었는지 새순이 나지 않고 있다. 추위에 약한 나무는 월동 준비를 해 주어야 했는데 그 기회를 놓쳐서 배롱나무에게는 미안하다.

나무들을 보니 부자가 된 것처럼 흐뭇하다. 저 나무들은 이제 내 산거山居의 친구가 되어서 나랑 같이 나이를 먹어 갈 것이다. 사람은 가고 없어도 나무들은 허락 받은 세월을 묵묵히 살아갈 것이다. 사람의 손으로 베지만 않는다면 나무들은 하늘로 하늘로 팔을 뻗칠 것이다. 내가 이 세상을 떠난 뒤에도 나를 기억해 줄 유일한 혈육과 같은 것들.

아무리 바쁘더라도 바람 소리와 새소리에 귀를 기울여 보고, 꽃의 아름다움과 그 향기에도 눈길을 돌릴 수 있어야 한다. 생명이 없는 박제된 도시 문명의 오염을 씻어 내려면 자연의 품을 빌릴 수밖에 없다. 녹음이 짙어가는 초하初夏 시절에 이름 모를 새들이 숲으로 찾아오고 있다.

풀이 무섭다

이번 하안거夏安居는 풀과 전쟁을 벌이고 있다. 안거 기간 동안 선방 수좌들은 화두 타파를 위해 사투를 벌이지만 나는 여름 잡초와 씨름하고 있는 중이다.

요즘은 하룻밤 자고 나면 풀 높이가 달라진다. 잠시 손을 놓고 있으면 앞마당은 풀밭이 되고 화단 또한 엉망이다. 이슬비가 내리고 나면 눈에 보일 정도로 더 쑥쑥 자란다. 여기 뽑고 돌아서면 저기에 또다시 돋는 게 풀이다. 아침마다 풀 뽑는 작업을 하지만 손으로는 역부족이다.

그렇다고 풀을 제거해 주지 않으면 사람 없는 폐가廢家처럼 보기 흉하다. 여름날 절 마당이 정갈하면 주인의 부지런함을 알 수 있지만, 여기저기 풀이 무성하면 게으른 주인의 성품을 짐작할 수 있다. 그래서 정원을 보면 그 집 주인의 성격이 드러나기 마련이다. 아무리 이름난 고찰古刹일지라도 풀이 듬성듬성 보이면 인상이 흐려지기 마련이다.

성하盛夏에는 호미에 흙 마를 날이 없다. 한낮에는 더워서 일을 못하지만 조석으로는 풀 뽑기에 적당하다. 여름을 지내 보면 풀도 종류에 따라서 자라는 시기와 장소가 다르다는 것을 알 수 있다. 초여름에 무성한 풀이 있고, 늦여름에 시작하는 풀도 있다. 습한 데서 잘 자라는 놈들이 있고 마른 땅을 좋아하는 놈도 있으며, 야생화처럼 위장해서 은신하는 놈도 있다.

비가 온 다음날은 흙이 젖어 있어서 한결 일하기가 쉽다. 잔디밭은 토끼풀이 천적이라서 손봐 주지 않으면 잔디를 망가뜨리는 주범이 된다. 그리고 화단에는 쇠뜨기풀이 극성이다. 이놈은 뿌리가 깊이 박혀 있어서 호미질을 깊숙이 하지 않으면 뿌리째 뽑히질 않는다. 그래서 쇠뜨기풀의 번식 속도를 호미질로는 막을 수 없다. 내년에는 아무래도 쇠뜨기풀 막는 약이라도 뿌려야 할 것 같다.

밭둑 주변에는 망초 꽃대가 지천으로 번진다. 쇠비름과 바랭이는 농사를 성가시게 만드는 대표적인 풀이다. 억새풀, 다북쑥, 방

동사니 외에도 이름을 알 수 없는 들풀들이 눈만 뜨고 나면 경쟁하듯 자라고 있다. 밭이랑에도 풀이 한가득이라서 농작물 관리보다 풀 뽑는 일에 더 많은 시간을 할애할 정도다. 지난해부터는 예초기를 사서 풀을 깎고 있다. 마당을 제외하고는 기계로 깎아 주어야 풀을 잡을 수 있기 때문이다.

농촌에 살다 보니 점점 촌부村夫가 되어 간다. 예초기도 잘 다루어야 하고 농약 분무기도 사용해야 하고 톱질도 해야 한다. 때맞춰 모종도 심고 수확하는 작업도 필요하다. 방에 있는 날보다 밖에 있는 날이 더 많다. 덕분에 얼굴이 햇살에 그을려서 구릿빛이 되었다.

주인 눈에는 풀만 보이는가 보다. 구석진 곳의 풀도 유독 내 눈에는 잘 보인다. 작은 암자라 하더라도 도량을 잘 관리하려면 풀 뽑는 일을 멈추면 안 된다. 이쯤 되면 여름에 무서운 건 모기가 아니라 풀이라 해도 과언이 아니다.

경전에 의하면 세상에는 "작은 것 세 가지가 무섭다." 했다. 첫째는 불씨이다. 작은 불씨지만 나중에는 큰불로 변하기 때문이다. 둘째는 어린 왕자다. 왜냐하면 세월이 흐르면 위대한 왕이 되는 까닭이다. 셋째는 어린 사미沙彌다. 필경에는 큰 스승이 될 수 있기 때문이다.

나는 여기에 무서운 것 한 가지를 더 보태고 싶다. 지천으로 자라는 어린 풀이다. 그냥 두면 언젠가는 큰 풀이 되어서 나를 힘들게 한다. 작고 어린 풀이라 해서 자라게 두면 나중에는 사방으로 번지기 때문이다. 이럴진대 어찌 풀이 무섭지 않겠는가.

잡초라고 해서 반드시 나쁜 역할만 하는 것은 아니지만 자기 자리가 아니면 불청객 대우를 받기 마련이다. 들판에서 자랐더라면 아름다웠겠지만 꽃이 주인인 화단에 들어왔으니 제자리가 아닌 셈이다. 무엇이든 제자리에 있을 때 보기에도 좋고 질서도 확립된다. 만약 화단에 풀과 꽃이 함께 자란다고 생각해 보라. 꽃도 드러나지 않고 풀도 환영받지 못한다.

풀을 뽑고 난 뒤의 아침 마당은 정갈하고 고요하다. 이 기분 때문에 땀 흘려 풀과 씨름한다. 중노릇의 본분이 거창한 곳에 있는 게 아닐 것이다. 하루 스물네 시간 그가 하는 일이 곧 그 사람의 살림살이다. 어떤 일에서 이치를 익히고 그 이치로써 자신의 삶을 이끌어 갈 수 있다면 그 자체가 정진이며 수행이다. 시시때때로 풀을 뽑고 뽑는 사이 여름 한철이 이렇게 지나간다. 올여름엔 이것이 내게는 또 다른 안거安居다.

이름 짓기가 어렵다

처음 이곳 절터와 인연이 되었을 때 절 이름을 무엇으로 할지를 한동안 고민했다. 불교사전을 들추어 보고, 경전이나 조사 어록을 열람하면서 마음에 드는 이름을 찾아보기도 했다. 그러나 대표적인 불교 단어들은 이미 절 이름으로 사용하고 있어서 중복되지 않는 사명寺名을 짓기란 쉽지 않았다.

우리나라에서 가장 흔한 절 이름은 관음사다. 어느 지역을 가더라도 관음사라는 절은 있다. 아마도 관음신앙을 좋아하는 한국 불자들의 정서와 무관하지는 않은 듯하다. 이곳으로 오기 전에 살던 사찰 이름도 관음사였다.

집이든 사람이든 이름 붙이는 게 참 어렵다. 뜻이 좋은 글귀는 이미 고인古人들이 사용한 탓에 중복되는 것이 많거니와 의미와 발음이 구족되는 이름 짓기가 쉽지 않기 때문이다.

한번은 선어록을 들추다가 '치절痴絶'이라는 단어가 눈에 띄어서 절 이름으로 삼을까 하다가 이내 그만두었다. '치절암'이라 부르면 뜻은 유리하나 발음이 영 불리해서이다. 바삐 말하다 보면 '치질암'이 될 수도 있는 까닭이다. 이런 까닭에 택호宅號나 인명人名은 발음에도 신경 써야 놀림감이 되지 않는다.

어느 노승이 "나라를 다스리라."는 의미로 '치국治國'이라는 이름을 주었는데 하필이면 아이의 성姓이 김 씨氏라서 '김치국'이 되고 말았다는 우스개도 있다. 내가 알고 지내는 스님 중에 '종철宗徹'이라는 법명을 가진 이가 있는데, 예불 시간에 있었던 그의 경험담이다. 건넌방에서 노스님이 "종철아!" 하고 불렀는데 "종쳐라!" 소리로 알고 종을 크게 쳐 버린 일이 있었단다. 이와 같이 아무리 뜻이 좋아도 부를 때 혼란을 주면 아름다운 이름이라 할 수 없다.

어쨌거나 새로운 절터에 어울리는 마땅한 절 이름을 정하지 못하고 시간만 흐르고 있었는데 불현듯 부처님의 어머니가 떠올랐다. 그래서 불모佛母 마야 왕후의 이름을 따서 절 이름을 짓고 보니 마음에 쏙 들었다. 부르기도 좋고 뜻도 나쁘지 않은 절 이름이 된 셈이다. 그 후 법당 상량문에 이렇게 적은 기억이 난다.

'이제 시절 인연이 도래하여 청원군 가덕면 성모산聖母山 자락에 터를 닦고 법당을 지어 그 이름을 마야사摩耶寺라 부른다. 위대한 영웅을 탄생시킨 거룩한 성모聖母 마야 왕후를 존경하는 마음에서 그 명호를 빌려서 절 이름으로 정한 것은, 저 불모佛母가 부처님을 태중에 품었듯이 불법으로 중생을 구제하고 양육養育하겠다는 뜻에서다. 그러므로 그 소임과 원력이 어찌 가벼울 수 있겠는가.'

그리고 산 이름도 성모聖母라고 붙여 불렀다. 이름이 없던 산이 절이 생긴 인연으로 비로소 이름을 가지게 된 것이다. 이렇게 산 이름을 부르다 보면 세월이 흘러 하나의 역사가 되지 않겠는가. 이름은 먼저 등록하여 쓰는 자가 주인이기 때문이다.

오대산 상원사에서 수행하였던 한암漢巖 스님이 즐겨 쓰던 당호는 '수연재隨緣齋'이다. 인연 따라 살라는 뜻이 무척 마음에 들어 그 작명作名에 감탄한 적이 있다. 중국의 옛 스님 가운데 개석介石 선사는 그의 암자에 '청산외인靑山外人'이라는 편액을 걸었으며, 법심法深 선사는 고향으로 돌아와 초암을 짓고 스스로 '운산경수雲山耕叟'라 했으니 이 얼마나 오묘한 이름인가.

또한 옛 어른들은 겸손의 뜻으로 '늙은이 옹翁' 자를 즐겨 썼다. 예를 들어 남쪽에 살면 남옹南翁, 절강성에 살면 절옹浙翁이라 하는

식이다. 묘감妙堪 선사는 자신을 '소옹笑翁'이라 불렀다. 고려 말의 선승 혜근惠勤 또한 '게으른 늙은이'라는 뜻의 나옹懶翁이다.

가야산 호랑이로 불렸던 성철 스님의 법호法號는 퇴옹退翁이었다. 이제는 사냥을 하지 않는 뒷방의 노인이란 뜻일까. 성철 스님은 말년에 세속과 종단 일에 일절 관여치 않고 자신의 수행에만 전념했다. 그리고 백양사의 조실을 지냈던 석호 스님 역시 말년에는 서옹西翁으로 널리 알려졌다.

해인사에 팔만대장경을 봉안하면서 '군신기고문君臣祈告文'을 지었던 고려의 문인 이규보는 자신의 당호를 지지헌止止軒으로 했다고 한다. 그는 이 당호를 걸면서 "'지지'라는 말은 그칠 곳을 알아 그치는 것이다. 그치지 말아야 할 데서 그치면 지지가 아니다."라고 적었다. 나아갈 때와 그칠 때를 알아야 한다는 뜻이다. 이 진퇴進退의 타이밍을 잘 맞추어야 인생에 실수가 적은 것은 고금에 차이가 없다.

답사 여행의 명사名士 유홍준 교수는 충남 부여 무량사 인근 반교리에 세 칸 집을 짓고 휴휴당休休堂이라는 편액을 걸었다는 소식이다. 나 역시 이순耳順의 나이를 지나면 오두막을 짓고 소박한 당호 하나를 걸어 두고 싶은 꿈이 있다.

귀만 중요하게
여기지 마라

중국의 서암 화상은 한 해의 마지막 날 저녁에 이렇게 자문자답했던 인물이다.

"서암아!"

"네!"

"속지 말아라!"

스스로 속지 않고 살았는지를 점검하고 있는 것이다. 자신의 개성이나 색깔도 없이 무심코 세상 시류에 떠밀려 살지 않았는지를 반성하고 있다.

남아프리카 초원 지대에 스프링벅(Springbok)이라는 동물이 있다. 영양과 생김새가 비슷하고 몸놀림이 재빠른 짐승인데 스프링처럼 높이 뛰기 때문에 붙은 이름. 이 동물의 생태는 사람의 눈으로 보면 이해가 안 되기도 한다. 수십만 마리의 무리 중에서 한 마리가 갑자기 뛰기 시작하면 뒤이어 수십만 마리가 덩달아 뛰게 된다는 것이다.

어디로 가는지, 왜 뛰는지 생각할 겨를도 없이 정신없이 질주하다가 절벽에 이르면 떨어져 죽게 된다. 떨어지기 직전에 절벽이 있다는 것을 깨달아도 이미 늦다. 왜냐하면 수십만 마리가 뒤에서 밀고 오기 때문에 멈출 수 없는 까닭이다.

우리 삶도 타성에 젖어 하루하루를 남이 사는 행태를 따라가지 않는지 질문해 보아야 한다. 무심코 남의 인생을 따라가다 보면 저 스프링벅의 최후처럼 아무 의미 없이 생을 마감할 수 있기 때문에 그렇다.

세상의 흐름에 너무 따르지 말라는 것은 언론이나 광고에 속지 말라는 뜻도 있다. 광고는 단점보다는 장점을 교묘하게 포장하는 기술을 가지고 있는데 우리는 그 내용에 속아서 물건을 구매하는 경우가 많다. 그런 광고에 귀가 얇아지고 솔깃하게 되는 것은 어쩔 수 없는 생리다.

따라서 생활 양식에서는 귀를 더욱 중요하게 여긴다고 할 수 있겠다. 보는 것보다 듣는 것에 더 많은 점수를 주는 심리 때문에 인기나 명성에 마음이 끌린다. 배우나 가수들도 이름이 알려져야 대중들의 관심을 받고 팬이 모인다. 작가나 화가도 이름값을 하려면 세인들의 귀에 익숙해져야 한다. 이런 이유로 외모나 학벌이 뛰어나면 상대방을 더욱 신뢰할 때도 있다. 그러나 인기와 소문이 반드시 그 사람의 인격이나 실력을 증명해 주는 것은 아니다. 그 인기와 명성이 거품일 경우가 종종 있기 때문이다.

이처럼 우리들은 귀를 너무 귀하게 여기는 까닭에 밑지거나 억울한 일을 당하는 경우가 더러 있다. 귀만 중요하게 여기는 이런 기호 때문에 기업들이 광고비에 쏟는 돈이 엄청난 것이다. 소비자의 귀에 익숙하게 만들어 친밀도를 높이려는 기업들의 작전에 우리는 날마다 속아 넘어가고 있는지도 모른다. 그것은 한때 상업주의의 바람일 수 있다.

최근에는 발효 식품이 세인의 관심을 받으면서 너나 할 것 없이 효소 담기에 열중이다. 이 효소 열풍이 얼마나 갈지 모르지만 이 또한 소문에서 비롯된 것이다. 어떤 상품이 좋다고 하면 그 효능이나 기능을 눈으로 확인하지 않고 앞다투어 신뢰한다. 이 또한 눈을 천하게 여기는 잘못된 습관 탓이다. 그러므로 인기나 광고를 다 믿어서는 안 된다. 이럴 때는 절반 정도만 믿어야 나중에 후회하는 실수도 적다.

당대唐代를 살았던 약산 유엄 선사가 귀만 중요하게 여기는 제자들에게 내린 일침은 이것이었다.

"구름은 하늘에 있고, 물은 병 속에 있다."

있는 그대로를 보아야 한다. 편견이나 오해를 좇아 가면 본질을 보지 못한다. 또한 자기 식의 잣대를 내려놓고 상대방의 말을 들을 수 있어야 한다. 미리 어떤 그림을 그리고 상대방을 만나면 그 사람의 향기를 놓칠지도 모른다. 오죽했으면 열반하신 성철 선사가 '산은 산! 물은 물!'이라는 법어를 하였겠는가. 색칠을 하지 말고 사물을 투명하게 보라는 뜻.

어제 이웃 절의 스님을 뵈었다. 옛 책에 적힌 시 구절 하나를 보여 주었는데 한눈에 와 닿아 금방 외워지더라.

산하소암소승재　　야중소가소수재
山 下 小 庵 小 僧 在　　野 中 小 傢 小 叟 在

산 아래 작은 암자에는 작은 스님 살고
마을 가운데 작은 집에는 작은 아주머니 산다.

아주 소박한 풍경이면서 무욕의 삶이 느껴진다. 누구나 자신의 분수에 알맞은 삶을 살 때 그 인생은 빛나고 아름답다. 저 산골의 촌부가 거창한 명성을 지닌 철학자보다 더 감동적인 명언을 전하기도 한다. 절이 크다고 반드시 큰 스님만 계시랴. 절이 작아도 오히려 그 가르침이 선명할 때가 있는 법이다. 외형이나 외모에 너무 많은 점수를 주면 스스로 속고 실망할 수 있다.

지금 무엇을 듣고, 무엇을 보고 있는가?

속도가 아니라 방향이다

시골 절에 살게 되면서 흙 만질 일이 많아졌다. 오늘 아침에는 돌계단 틈새마다 자라난 풀을 뽑는데 지렁이들이 놀라서 꿈틀꿈틀했다. 땅속 벌레들이 무섭다고 이내 물러앉으면 온통 풀밭이 되고 말기 때문에 하던 일을 계속해야 한다. 넓은 풀밭은 예초기의 힘을 빌리지만 돌 틈이나 화단은 손길이 가야 마무리가 깔끔하다. 어떤 날은 손톱 밑에 흙이 차서 남에게 보이기 민망스러울 때가 있지만 이렇게 흙을 손수 만질 수 있는 것도 즐거움이다.

오늘 하루 내가 손으로 만진 것들을 기억해 본다. 운전대, 컴퓨터, 숟가락, 찻잔, 휴대폰, 세탁기, 선풍기, 화장지…. 모두가 생명이 없는 공산품이다. 대부분 도시인들의 일상은 흙보다 기계를 더 많이 만지며 살게 된다. 손가락도 자연이 그리울지 모른다. 흙과 꽃과 나무들을 만져 주는 일은 우주의 기운을 만나는 일이다. 그러므로 자주자주 흙을 만질 수 있어야 자신의 손가락들에게 덜 미안할 것이다.

해인사에서 수행하던 20대 시절, 백련암의 성철 스님을 처음 뵐 때 노사老師가 머물던 염화실 큰방 좌우에 법문이 걸려 있었다. 나중에 알고 보니 남송 시대의 걸출한 인물이었던 주자朱子의 시를 적은 것이었다.

은거부하구　　무언도심장
隱居復何求　　無言道心長

숨어 살며 무엇을 구하느냐고?
말없이 도심만을 기를 뿐이다.

"깊은 산에서 무엇 때문에 수행하는가?"라는 질문에 대한 답이었다. 한 번쯤은 출가한 사람에게 이런 질문을 던져 보고 싶었을 것이다. 그 대답은 각기 다르겠지만 이보다 완벽한 답도 없을 것 같다. 산에서 무얼 구하겠는가? 무엇을 구하겠다는 그 자체가 욕심이다. 그 욕심을 버리는 것이 도심道心이다. 그래서 젊은 날 내 인생의 좌우명으로 삼던 글귀.

그때 이 법문을 내 마음에 담으면서 인연이 주어진다면 작은 초 암을 짓고 저 시詩의 주인공처럼 살아야겠다는 다짐을 했다. 어찌 보면 지금의 이 무설산방無說山房은 젊은 날부터 동경해 왔던 인생 의 방향을 따라 걸어온 결과인지도 모른다. 인생은 끊임없이 자신 이 원하는 방향을 설정하면 언젠가는 그 길을 걸어가게 되는 경우 가 많다. 나무는 기운 쪽으로 넘어지게 마련이듯 생각이 많은 방 향으로 인생이 풀리게 되어 있다.

우리 시대 인도의 성자 스와디 묵타난다는 이런 말을 하고 있다.

"여섯 살 때 나는 내가 일곱 살을 향해서 가고 있다고 생각했 다. 일곱 살이 되자 나는 언제나 학교를 향해서 가고 있었으며, 그 것은 보다 나은 인간이 되기 위해서였다. 그러나 보다 나은 인간 이 되었다기보다 나는 현실적이고 영리한 인간이 되었다. 학교를 졸업한 뒤 나는 늘 성공을 향해서, 행복한 미래를 향해서 달려가 고 있었다.

그런데 이제 내 나이 쉰이 되고 보니, 때로 나는 나 자신이 무덤 을 향해서 가고 있다는 참담한 느낌을 떨쳐 버릴 수가 없다. 인생을 살아오면서 나는 순간마다 나 자신에게 이렇게 묻는 것을 까맣게 잊고 있었던 것이다. '너는 지금 어디로 가고 있는가?'"

살아가는 일에는 이처럼 삶의 방향과 목적이 중요할 때가 많다. 돈을 벌고 명예를 얻는 것이 목적이 되면 삶의 과정에서 생겨나는 소소한 감동을 놓치기 쉽기 때문이다. 누군가 나에게 "삶은 속도가 아니라 방향이다."라고 일러 주었는데 이 말에 깊이 공감한다. 살아가는 일이 속도가 되면 자신의 주변에서 일어나는 행복의 느낌들을 알아차리지 못하고 그냥 지나치는 경우가 많다. 그러나 내가 지금 어떤 방향을 향해 걸어가고 있는가를 알게 되면 사소한 일상이라도 그것은 삶의 과정으로 받아들이게 된다. 설령 그 과정이 괴롭고 슬플지라도 삶의 일부분으로 인정하는 태도를 지니게 된다는 뜻이다.

우리는 지금 어디로 가고 있는가? 이 오래된 질문을 다시 해야 한다. 삶의 목적이 속도에 있는지 방향에 있는지를 새삼 자문하게 된다. 무작정 목적을 향해 걸어가는 삶의 속도를 조절해 볼 필요는 분명 있다. 타성적이고 관성적인 삶의 행로에서 문득 멈추고 존재로서의 인생을 돌아보라는 소리다.

아침마다 풀 뽑고 저녁마다 모기와 씨름하면서 무더위를 즐기고 있다. 그리고 내 몸을 움직여 땀 흘린 뒤 찬물에 몸을 씻고 나면 알 수 없는 충만한 기쁨이 고여 온다. 이런 즐거움은 내가 원하는 방향으로 살고 있기 때문에 느낄 수 있는 소소한 행복이다.

삶의 쉼표를 만나라

오 리五里 숲길에 열병하듯 서 있는 노송 그늘이 시원해진 초하
初夏. 아침 공양 후 그 길을 걸었다. 철갑을 두른 듯 아름드리 소나
무들이 키 재기를 하고 있는 속리산의 산문山門 길이다. 솔바람이
우우우 느껴졌다. 이 바람을 무엇으로 살 수 있을까.

옛글에 "5월의 솔바람 팔고 싶으나 그대들 값 모를까 그게 두렵
다."고 했다. 초여름의 이 솔바람의 가치를 누가 알까 싶다. 천금
으로도 살 수 없는 송풍松風을 지닌 속리산의 안거安居가 새삼 감
사하다.

여름 수련회 준비로 오후 내내 책상 앞에 앉아 있었다. 또 어떤
수련생들을 만나게 될지 벌써 기대되고 궁금하다.

산사 수련회를 다른 휴가와 견준다면 절대로 세련된 휴가는 아니다. 다소 불편하고 생경한 부분들을 감수해야 한다. 그럼에도 산사 수련회가 인기 있는 이유는 도시 문명에 길들여진 현대인들 스스로가 산사의 공간에서 삶의 쉼표를 요구하고 있기 때문일 것이다. 그렇다면 산사 수련회에 참여하는 자체가 일상의 혁명이다. 왜냐하면 반복되는 일상과 타성에 젖은 가치관을 전환할 수 있는 기회를 만날 수도 있기 때문이다.

미국의 한 언론사 편집인이 호화로운 휴가를 다녀온 뒤 친구들에게 이런 자랑을 했다.

"지금까지 내가 원했던 사치를 며칠 누렸네."

거기는 텔레비전도, 라디오도, 신문도, 컴퓨터도 없는 그런 곳이었다.

친구들이 다시 물었다.

"이보게, 그런 정보가 없는 곳에서 어떻게 사치를 누릴 수 있다는 말인가?"

편집인은 웃으며 이렇게 말했다.

"내가 생각하기엔 완벽한 휴가 장소는 정보가 전혀 없는 그런 곳이네."

온갖 정보에 찌들어 있는 현대인들이 귀담아 들어야 할 이야기다. 정말 호화로운 휴가는 정보가 없는 공간일지 모른다. 오로지 자신에게 관심을 줄 수 있는 곳이 있다면 휴가의 사치를 누릴 수 있는 장소일 것이다. 이렇게 따져 본다면 산사는 어느 정도 사치가 가능한 휴가지일 수 있다.

산사에서 보내는 휴가는 일상의 분주한 일 때문에 느끼지 못했던 새벽의 기운을 만날 수 있는 일정이다. 자신이 서 있는 곳에서 영롱하게 빛나는 샛별을 몇 번이나 보았는가를 자문해 보라. 자신의 삶에서 새로운 새벽을 맞이한다는 것은 아주 각별한 의미라는 것을 상기할 필요가 있다. 새벽은 만물이 깨어나는 시간이며 공기가 정화되는 그런 시간이다. 인생의 행로에서 새벽 정신이 요구되는 것도 이 때문이다. 자신의 그릇된 욕망을 정화하고 묵은 타성의 늪에서 거듭거듭 깨어나야 하는 것이다. 우리는 왜 깨어 있는 삶을 살아야 하는가? 이 명제에 대한 답을 수련회를 통해 스스로 얻게 되었다면 그 어떤 휴가보다도 값지다.

진정한 휴식은 육체나 정신을 한가롭게 하는 것이 아니라 지금의 행위에 집중하는 것이라고 정의할 수 있다. 그러므로 깨어 있는 휴식은 게으름이 아니라 여유 있는 성찰이다. 즉, 자신을 향한 친절한 반성이며 아름다운 점검이라고 할 수 있겠다. 여흥이나 취

미를 즐기는 휴가보다는 훨씬 소중하고 지성적인 일정일 수 있다는 의미.

청나라의 3대 임금이었던 순치 황제는 "인간의 백 년, 삼만육천 날이 절에서 지내는 한나절보다 못하다."는 시를 남긴 것으로 알려져 있다. 이 말은 절에서의 삶이 세속보다 훨씬 양심적이고 우월하다는 뜻이 아니라 하루를 살아도 잘못된 인습에서 벗어나 올바른 가치관으로 살 것을 부탁하고 있는 훈화다. 올여름에는 순치 황제가 되어 이 대열에 동참하는 것도 나쁘지 않을 듯하다.

나라를 누가 다스리건 무슨 상관이랴

산창山窓을 열면 낙엽 지는 소리가 들린다. 가을이 눈부시도록 아름다운 것은 짧게 머물다 떠나기 때문이다. 사랑도 유한성 때문에 애절한 것이고, 젊음도 고정되어 있지 않기 때문에 빛나는 것이다. 인생 또한 단 한 번의 생애이기 때문에 소중하다. 이 세상의 모든 것이 영원할 수 있다면 그 어떤 것도 아름답지 못하다.

그러므로 삶을 아름답게 사는 방법은 그 어떤 일이든 집착하지 않는 일에서부터 시작해야 한다. 떠나야 할 때 망설이지 않는 법문을 가을에게 다시 배운다.

가을 아침에 옛글을 읽다가 다음의 내용에 눈과 귀가 열린다.

해가 뜨면 밖에 나가 일을 하고

해가 지면 방에 들어가 쉬고

우물 파서 물 마시고

밭을 갈아 먹고 사니

누가 나라를 다스리건 그게 무슨 상관이랴.

예나 지금이나 정치가 제대로 된다면 서민들의 입에서 이런 노
래가 흘러나와야 한다. 각자의 생업에 충실하면서 현재의 생활 수
준에 만족할 수 있다면 어느 백성이 정치하는 이를 원망하고 지탄
하겠는가. 태평성시가 무엇인가. 서민들이 생활고_{生活苦} 걱정을 하지
않는 세상을 말한다.

인평불어_{人平不語} 수평불류_{水平不流}. 사람 사는 세상이 평등하면
원망의 말이 적고, 수면이 잔잔하면 한쪽으로 물길이 쏠리지 않는
법이다. 이러쿵저러쿵 백성들의 불만이 많으면 난세다. 올바른 정
치가 행해지면 서민들의 일상생활에 정치가 끼어들 여지가 없다.
온전한 정치라면 무엇보다 서민들을 괴롭히거나 불편하게 하는
일이 없어야 한다. 산골 촌로의 입에서 나라를 향한 볼멘소리가
터져 나오고 장터의 아주머니들 표정이 밝지 않으면 잘못된 정치
를 하는 것이다. 올바른 정치는 서민들의 입에 정치 이야기가 더

이상 오르내리지 않게 하는 일이다. 서민들이 나라 걱정을 하지 않고 살 수 있는 세상을 만들라는 뜻이다.

당 태종의 치적을 기록한 『정관정요貞觀政要』에 이런 대목이 실려 있다.

태종은 어느 날 가까운 신하 위증을 불러 물었다.

"어떤 임금을 가리켜 밝은 군주라 하고, 또 어떤 임금을 어리석은 군주라 하는가?"

위증은 솔직하게 대답했다.

"밝은 군주란 각계각층의 여론에 귀를 기울일 줄 아는 임금이고, 어리석은 군주란 한쪽 말만 듣는 임금입니다."

충직한 신하인 위증은 어느 날 무슨 생각에서인지 태종에게 이런 고자질을 한다.

"백성들 중에 폐하를 비방하는 무리들이 있습니다."

그러자 태종은 태연하게 말한다.

"나에게 덕이 있어 비방을 듣는다면 조금도 언짢을 게 없다. 그러나 덕이 없으면서 칭찬을 듣는다면 도리어 그게 탈이 아니겠느냐?"

국가의 지도자나 정치인들이 칭찬에 중심을 잃으면 안 되는 이유가 여기에 있다. 덕이 없으면서 달콤한 소리만 듣기를 원한다면 민심을 알 수도 없고 민심을 얻을 수도 없다. 민심을 역행하면 결국은 모든 것을 잃게 된다.

사람에게는 저마다 자기 그릇이 있다. 그 그릇이 차면 넘치게 마련이다. 자기 그릇을 모르고 과욕을 부리다가 낭패를 자초하는 경우가 많다. 이런 이치는 개인도 그렇지만 집단도 예외는 아니다. 위정자들은 전체의 흐름을 살피는 안목이 있어야 한다. 그때그때의 위기만 넘기면 된다는 생각은 금물이다. 왜냐하면 그런 미봉책은 커다란 흐름 앞에 넘어지고 말 것이기 때문이다. 여기서의 흐름은 역사의 순리이면서 인과의 원리다. 역사는 항상 정의와 진실 쪽에 서 있다는 것을 명심해야 스스로 걸려 넘어지지 않는다. 역사의 평가는 준엄하고 무섭다는 것을 살아오면서 거듭거듭 목격했기 때문이다.

지금
이루어지고 있는 중이다

아침에 문을 열고 나갔다가 무서리가 허옇게 내려 있어서 겉옷 하나를 더 입었다. 급작스러운 추위에 빛바랜 단풍들이 오들오들 떨며 몸을 움츠리는 늦가을. 나뭇잎과 화초들도 일제히 색깔을 바꾸는 그 풍경이 오히려 울긋불긋 묘한 조화다. 화단의 비비추도 서릿바람에 기운이 사라져서 잎이 노랗다. 달력의 절기를 보니 내일이 벌써 입동立冬이다.

가을비가 내린 뒤 숙제 하나를 감행했다. 일찍부터 모란과 비비추의 자리가 옹색해서 그 터를 다시 봐 두었는데 오늘 옮겨 심었다. 뿌리를 흙덩이와 함께 깊게 파 와서 자리를 잡아 주었으니 내년 봄에 오래 묵은 장소처럼 잘 적응할 것이다.

이번처럼 추위가 닥치면 갑자기 겨울이 온 것 같다고 표현하지만 사실은 변화하는 그 과정 속에 겨울이 준비되고 있었던 것이다. 모든 일은 연속성의 원리 속에서 변화하고 순환한다. 이러한 자연의 법칙을 지켜보면서 우리의 삶 또한 과정 없는 결과가 없다는 것을 거듭 생각하는 계기로 삼았다.

우리들의 생활을 들여다보면 일이 끝없이 일어나고 또 그것을 해결하는 일을 반복한다. 이러한 일은 숨쉬고 있는 동안은 언제나 진행형이기 때문에 세상살이에는 완벽한 마무리란 없다. 어쩌면 우리들 스스로가 마무리의 기준을 정해 놓고 있기 때문에 과정 자체에 만족하기가 더욱 어려운지도 모를 일이다.

예를 들어, 나무 한 그루를 심으면 다음엔 멋진 돌을 하나 놓고 싶고, 그 다음날엔 연못도 만들고 싶을 것이다. 세상일은 이처럼 끝이 없다. 우리는 그 시점에서 그날의 일을 마무리해야 옳다. 다시 말해 완성의 기준은 현재의 시점이 되어야 한다는 것.

내 인생의 멋진 성공이 인생의 목적이 되면 그 일이 이룩될 때까지의 삶은 무의미해지기 쉽다. 그러므로 하루하루가 성공의 날이라고 생각하는 습관이 좋다. 왜냐하면 불완전한 것이 삶의 본래 모습이기 때문이다. 완벽한 삶이 없다는 것은, 완전무결한 성공도 없다는 의미와 같다. 성공의 기준은 끝도 한도 없기 때문에 지금 그 자체가 이미 성공이라는 생각이 중요하다.

　슈베르트의 미완성 교향곡을 기억할 것이다. 서른한 살의 나이에 세상을 떠난 슈베르트는 어찌된 일인지 8번 교향곡을 만들면서 2악장밖에 마무리를 짓지 않았다. 이를 두고 건망증이 심해 나머지 악장을 깜빡하고 완성하지 않았다 하기도 하고, 3악장을 구상하고 있다가 악상이 떠오르지 않아서 미루어 둔 것이라고 주장하기도 했다. 어쨌거나 이 교향곡은 마무리를 하지 않은 미완성 상태였기 때문에 오히려 명곡이 되었다는 사실. 미완성 그 자체가 이미 교향곡이 된 것이다. 미완성 교향곡이 오늘날까지 슈베르트가 남긴 '완성되지 못했으나 충분히 완성된' 작품으로 전해져 오는 것도 이런 이유에서다. 한마디로 미완성 그 자체가 완성이었다는 결론이다.

　우리들 저변에는 성공이다 완성이다 하면서 어떤 기준을 정해 놓기 일쑤다. 그러나 성공이나 완성의 형태는 정해져 있는 것이 아닐 것이다. 자신이 하는 일에 어떤 의미를 부여할 수 있다면 그 자체가 이미 성공일 수 있다. 오늘 하루 나 스스로 만족했다면 그것이 행복의 완성이다.

　유명한 어느 여류 시인이 방송에 출연해서 시청자들에게 이렇게 말했다.

"지금, 이루어지고 있는 중이라고 생각하십시오."

이 말은 평소에 내가 생각하고 있던 강의 주제여서 무척 공감이 되었다. 아이를 낳아서 100일이 될 때는 어서 아장아장 걸었으면 좋겠다고 생각한다. 그러나 그 과정은 지금 이루어지고 있다. 미리 앞서 있는 그 목적 때문에 현재 과정의 즐거움을 모르게 되는 수가 많다. 아이는 매 순간순간 즐거움을 주면서 커 가고 있으니까 지금 이루어지고 있는 중이라는 게 정답이다.

이런 의미에서 지금의 인생에서 성공의 시절이 오지 않았다 하더라도 실망하거나 낙담할 필요가 크게 없다. 지금 이루어지고 있기 때문에 그렇다. 조급하게 그 결과에 목적을 둔다면 오히려 소심한 인생이 되기 쉽다. 무슨 일이든 지금 이루어지고 있는데 조바심을 내는 것은 아닌지 살펴보는 일이 우선이다.

몇 차례 말했지만 우리 인생에서는 다양한 가치들이 존재한다. 성공 또한 인생의 절대 가치가 아닌 것은 분명하다. 그러므로 성공하지 못한 오늘의 인생을 너무 자책하지 마시길. 지금 살아가는 이 자체가 이미 자신의 꿈이 완성되는 과정일지 모르니까.

칠석날 아침에

칠월 칠석날 아침이다.

지금쯤 견우와 직녀는 오작교에서 만나 뜨거운 포옹을 하였을까? 그곳에서 하늘에 닿을 듯한 그리움을 어떻게 나누었을까? 오늘 견우와 직녀는 얼마나 애절하고 간절하였을까?

일 년에 단 한 번뿐인 만남. 까마귀가 다리를 놓아 주지 않으면 그 일 년의 기다림이 허사가 되는 연인. 이처럼 가슴 저미게 하는 사랑은 없다. 은하수를 사이에 둔 두 사람의 사랑이 참 애달프다.

너무 오래되어서 제목은 기억할 수 없지만 하늘의 저주를 받은 남녀가 사람과 독수리로 살아가는 이야기를 담은 영화가 있었다. 이 둘은 인간의 육체로는 절대 사랑할 수 없는 운명. 남자는 낮에 사람의 몸으로 있다가 밤이 되면 독수리로 변하고, 여자는 낮에 독수리로 살다가 밤에는 사람의 몸으로 바뀌는 형벌을 지니고 있었기 때문이다.

그러므로 이 남녀가 인간의 몸으로 만날 수 있는 시간은 낮과 밤이 교차하는 잠깐의 순간이다. 해가 지고 달이 뜨는 그 암전暗轉 사이에 애절한 눈빛으로 서로의 몸이 바뀌는 것을 보면서 애달파하던 그 장면이 지금까지 정지된 화면으로 남아 있다. 아마도 견우와 직녀의 가슴 시린 애틋한 마음도 그 영화 속의 남녀와 다르지 않을 것이다.

이런 생각 때문인지는 몰라도 칠석날 아침에 새삼 견우와 직녀의 간절함이 나의 화두가 되었다. 티베트의 성자 밀라레빠는 "내 종교는 후회 없이 살다가 후회 없이 죽는 것이다."라는 법어를 남겼다. 매일매일 어깨가 뻐근해지도록 후회 없이 간절하게 살아야 한다. 이런 날 지인들에게 이렇게 문자 한 통씩을 전달했다.

"견우와 직녀의 간절함으로 하루를 시작하세요!"

그리고 우리는 지금 매사에 얼마나 간절한가를 질문해 보았다. 사랑하는 연인이 만나지 못하면 얼마나 애가 타고 마음 졸일지 누구나 그 심정을 알 것이다. 아주 절절한 마음으로 만날 수 있기를 염원하고 또 염원할 것이다.

직녀에게

이별이 너무 길다.
슬픔이 너무 길다.
선 채로 기다리기엔 세월이 너무 길다.
말라붙은 은하수 눈물로 녹이고
가슴과 가슴에 노둣돌을 놓아
그대 손짓하는 연인아 은하수 건너
오작교 없어도 노둣돌이 없어도
가슴 딛고 다시 만날 우리들
연인아 연인아 이별은 끝나야 한다.
슬픔은 끝나야 한다.
우리는 만나야 한다.

_문병란

이 시는 노래로 만들어져서 귀에 익은 내용이기도 하다. 서로의
그리움이 슬픔이 되어 버린 그 애절한 사연이 느껴진다. 매사에 견
우가 직녀를 그리워하듯, 직녀가 견우를 보고 싶어하듯 그렇게 살
고 그렇게 사랑하자. 그렇다면 모든 인연이 다 소중하게 느껴질 것

이다.

그래서 칠월 칠석은 서로의 애정을 확인하는 날이다. 또한 간절함으로 삶을 살라는 가르침을 주는 날이기도 하다. 이것이 우리 조상들이 칠석날에 견우와 직녀의 사랑 이야기를 만든 이유다. 지금의 아내를 처음 만났을 때, 지금의 남편을 처음 보았을 때는 그 어떤 순간보다 강렬하고 설레었을 것이다. 그 간절함이 결국 행복의 노둣돌이 되었다는 것을 우리는 알고 있다.

칠월 칠석은 행운의 숫자가 겹치는 날이다. '럭키 세븐(Lucky Seven)'이라는 표현처럼 '7'이라는 숫자는 동서양에서 행운을 뜻한다. 하늘에서 가장 먼저 빛나는 별이 북두칠성이며 무지개도 일곱 빛깔이며 야구게임에서도 7회 말에 홈런이 자주 터진다고 한다. 중국에서는 '7'을 기수棄數라고 부르는데 '뜻밖의 숫자'라는 뜻이므로 역시 '행운'의 의미다. 부처님도 탄생하신 뒤에 일곱 걸음을 걸어서 중생들 곁으로 다가오지 않았던가. 이래저래 숫자 '7'은 길吉하다는 말맛을 지니고 있다.

이 행운의 숫자가 두 번 겹친 날이 칠월 칠석이다. 따라서 행운이 쌍으로 찾아오는 축복의 날이다. 남자와 여자가 만나서 짝을 이룬다는 것은 인생의 행운일지 모른다. 그러므로 지금 같이 살고 있는 인생의 '짝'에게 보다 친절해야 할 필요가 있다. 이 시대의 남녀는 모두 견우와 직녀가 되어야 한다. 그래서 애틋한 사랑의 감정이 매사의 간절함으로 승화되어야 옳다.

칠석날 아침인데 까마귀가 보이지 않는다. 모두 오작교 불사에 동참하러 갔나 보다.

빚지고
살았는가
빚 갚고 살았는가?

'빚지고 살았는가, 빚 갚고 살았는가?'
이 질문을 다시 바꾸면 봉사와 베풂의 삶을 살았는가, 그렇지 않은 삶을 살았는가 하는 부분이다.
만약 탐욕과 집착의 삶을 살았다면 이 사람은 빚지고 사는 인생이었다고 정의할 수 있다.

활과 화살이 되어라

　이 좋은 봄날, 한 남자와 한 여자가 만나 부부가 되는 것을 축하해 주고 왔다. 주례할 때마다 부부는 삼생의 지중한 인연이라는 것을 강조한다. 이 세상에는 수많은 남녀들이 살아가고 있지만 그중에서 서로의 눈에 들었다는 것은 수천만 분의 확률이다. 그러므로 개자개침芥子介針의 소중한 만남이다. 저 하늘에서 바늘 하나를 던져 그 바늘이 겨자씨에 꽂힐 확률은 아주 낮다. 부부의 인연은 이와 같이 깨알 같은 난관을 통과한 만남이다.

　부부는 그 어떤 만남보다 전생의 인연이 작용한다. 아주 긴 시간과 세월을 기다려 왔다는 뜻. 전생의 인연이 강하면 금생에서도 그 기억의 느낌 때문에 끌림이 강하게 작용하는 원리다. 첫 만남에

끌림이 왔다고 표현하지만 사실은 전생의 기억들이 현생의 끌림으로 나타난 것이다. 따라서 현생의 만남은 전생의 염원이 이루어 낸 결과다. 전혀 다른 사람과 만난 것 같지만 이미 전생에 알고 지냈던 사이인지도 모른다. 이렇게 본다면 부부의 인연에는 우연이란 없다.

홍콩의 어느 사원에 다음과 같은 내용을 적은 주련柱聯이 있다고 들었다.

"부부는 인연이 있어야 만나게 된다. 선한 인연도 있고 악한 인연도 있다. 악한 인연은 원수끼리 서로서로 보복을 한다. 아들딸은 빚이 있어야 만나게 된다. 갚아야 할 빚도 있고 받아야 할 빚도 있다. 빚이 없으면 찾아올 인연도 없다."

이를 달리 풀어 보면 부부는 사랑으로 만나고 자식은 빚으로 만난다는 뜻이다. 그렇다면 부부는 약속을 지키기 위해 만나고 자식은 빚을 갚기 위해 만난다고 봐야 할 듯. 세상살이 속내를 들여다보면 이 말이 전혀 틀린 것은 아닌 것 같다. 자식에게 무슨 빚진 사람처럼 정을 쏟고 온갖 정성을 다하는 것을 보면 부모로서 빚이 없고서는 불가능한 일이라는 생각이 든다. 자식의 일로 인해 기뻐하고 슬퍼하는 것이 부모의 심정인데 어찌 빚쟁이가 아니랴.

그런데 부부 사이는 선한 인연도 있고 악한 인연도 있다는 말에 주목해야 한다. 다시 말해 부부는 전생의 원수지간이 만나는 경우도 있기 때문이다. 때때로 사랑하던 사이가 악연 관계로 둔갑하는 경우가 우리 주변에 많으니까 더 이상의 설명이 필요 없는 부분이다. 어쨌거나 부부의 인연이 되어서 서로에게 큰 상처 주지 않고 백년해로한다는 것은 좋은 인연이 아닐 수 없다.

인디언의 어느 부족은 결혼하는 청춘 남녀에게 활과 화살을 선물로 준다고 한다. 연인이나 부부의 관계는 활과 화살이 되어야 한다는 뜻에서다. 활은 화살이 없으면 쓸모없고 화살 또한 활이 없으면 그 기능을 못하는 법이다. 그러니까 부부는 따로따로 존재하면 활과 화살처럼 그 역할을 전혀 할 수 없다. 이런 점에서 부부는 서로에게 활이 되고 화살이 되어야 올바른 방향으로 나아갈 수 있는 것이다. 서로 떨어져 있지 말고 상호 보완하는 인연으로 살아야 만점짜리 부부다.

어린왕자가 "서로 얼굴을 쳐다보지 말고 같은 방향을 쳐다보라."고 했는데 이 말은 가치관이나 목표의 방향을 맞추라는 조언이다. 그럴 때 부부 사이의 갈등이나 불화가 해소될 수 있기 때문이기도 하다.

결혼에는 세 개의 반지가 있단다. 약혼반지와 결혼반지, 그리고 고통의 반지다. 누구나 부부가 되면 고통의 반지도 생기는 법이다. 따라서 부부 사이에는 행복만 있는 게 아니라 크고 작은 문제도 동반된다는 의미다.

태국의 고승 아잔차 선사의 법문에 이런 내용이 소개되어 있다.

어느 부부가 산책을 나갔다가 말다툼을 하게 된다. 산책을 하다가 어떤 소리를 듣게 되었는데 부인은 거위 소리라고 말하고, 남편은 닭 소리라고 우긴다. 결국 서로의 주장 때문에 싸움을 하게 되고 기분 좋은 산책길이 엉망이 되고 말았다. 아잔차 스님은 이 일화를 소개하면서 이렇게 정리하고 있다.

"닭이든 거위든 상관없다. 그것보다 더 중요한 것은 두 사람의 조화이며 산책을 즐기는 일이다."

이 땅의 부부들이 중요하지 않은 문제들 때문에 얼마나 많은 파경을 맞이하는지 모른다. 소소한 다툼 때문에 미워하고 원망하는 경우가 많다. 사소한 갈등이 일어날 때마다 고통의 반지를 기억해야 한다. 부부의 성공은 그 관계를 뛰어넘는 것이기 때문이다. "달걀이 되지 말고 베이컨이 되어라."는 충고도 있다. 이는 온전히 자신을 희생시키라는 뜻이다. 그래서 부부는 단순한 남녀의 관계에 머물지 말고 그 관계를 승화시킬 때 이해하고 용서하는 마음이 생기지 않을까.

　결혼을 하지 않고 독신의 삶을 사는 나로서는 부부 사이의 다양한 사연을 모두 이해할 수는 없는 처지다. 그렇지만 당사자의 입장이 아니기 때문에 갈등하는 부부들의 문제점은 더 잘 볼 수 있다. 부부 불화에는 일방통행이 없다. 쌍방 과실이 더 큰 비율을 차지한다. 그러므로 서로에게 지붕이 되어 주고 따뜻함이 되어 주면서 고난과 위기를 극복했으면 한다. 왜냐하면 이 땅의 부부들은 삼천 년의 생을 지나 다시 만난 사이이기 때문이다. 이 얼마나 소중한 인연인가.

식사대사

추석 명절을 앞두고 공양주 보살이 집에 다니러 가셨다. 매번 끼니때마다 식사를 준비해 주던 공양주 보살의 빈자리는 어제 저녁부터 현실이 되었다. 당장 밥을 손수 해 먹어야 했기 때문이다.

아침에 일어나서 밥거리를 준비한다는 게 때로는 성가신 일이다. 주섬주섬 찌개 재료를 만지다가 새삼 공양주의 공덕을 생각하게 되었다. 혼자 먹기 위해 차리는 음식도 이렇게 손길이 많이 가는데 여럿이 먹을 절밥 차리는 일은 오죽 힘들겠나 싶다.

출가해서 외딴곳에서 홀로 살았던 적이 있다. 그때 내 솜씨로 밥을 지어 먹는 일이 가장 번거로웠다. 더군다나 음식을 척척 잘하는 손맛도 아니라서 밥상의 반찬은 늘 제한적일 수밖에 없었다. 또한 혼자 마주 대하는 밥상은 늘 건조하고 쓸쓸하다. 누군가와 나누어 먹는 음식이 따스하고 정겹다는 것도 그 시절에 경험했다.

이런 일을 겪고 난 뒤에는 누가 차려 주는 밥상이 그리 고마울 수가 없다. 이런 까닭에 진수성찬이 아닐지라도 어느 곳에서든 매번 맛있게 먹는 편이다. 밥상 차려 주는 정성과 고마움을 알기 때문이다.

조석으로 다른 반찬을 밥상에 올려야 하는 주부들의 심정과 애환을 남편이나 자식들은 잘 모를 것이다. 엄마와 아내를 무슨 음식이든 뚝딱 만들어 내는 기계쯤으로 여긴다. 그러나 주부들에게는 끼니마다 식단 짜는 일이 꽤 머리 무거울 것이다. 몸이 천근만근 힘들 때는 주방 가는 일이 따분하고 귀찮다고 들었다. 하지만 때를 거르지 않고 식탁을 차리는 주부들의 노고는 제대로 대접받지 못하는 현실이다.

혼자 지내면서 식사를 준비해 보면 이 일이 그날의 중요한 일과라는 것을 알게 된다. 밥 짓고 상 차리는 일만 빼면 반나절의 여유가 생길 것 같다. 아침 차려 주고 돌아서면 점심때가 된다는 말이 맞다. 설거지하고 좀 여유롭다 싶으면 금세 밥때다. 하루 세 끼를 꼬박꼬박 집에서 해결하는 일은 그래서 쉽지 않다. 오죽했으면 하루 세 끼 집에서 먹는 삼식三食이 남편이 밉다는 우스개가 나왔겠나.

여자의 일생은 부엌에서 시작해서 부엌에서 끝난다는 말도 있다. 그만큼 여성들은 손에 물 마를 날이 없는 삶이다. 빨래나 청소 등 집안일도 끝이 없다. 청소라는 것이 그렇더라. 청소를 해 놓으면 표시가 나지 않지만, 하지 않으면 또 금방 표시가 난다. 그러므로 소홀히 할 수 없는 것이 집안일이다.

이런 일을 두고 '그림자 노동'이라 부른단다. 밖으로 드러내지 않고 가려진 곳에서 하는 일이 그림자 노동이다. 주부들의 집안일이 여기에 해당된다. 이 그림자 노동에는 보수나 연금이 지급되지 않는다. 다시 말해 어떤 보상을 바라고 하는 일이 아니라는 소리다.

주부들의 가사 노동력을 돈으로 환산한다면 얼마나 될지는 모르지만 경제성장률 지표에는 상당 부분 영향을 줄 것이다. 주부들의 그림자 노동은 경제 지표에서 빠진다고 한다. 그러나 주부가 하는 일을 도우미에게 시킨다면 그만큼의 소비가 발생할 것이다. 이렇게 따져 보면 집안일은 결코 경제적 활동과 무관하지 않다.

살림하는 전업주부들이 남편이나 자식에게 가장 서운해질 때는 "집에서 하는 일이 뭐 있어?"라는 말을 들을 때라고 한다. 혼자서 주부의 도움이나 손길 없이 일주일만 지내 보라. 집에서 뭐하느냐는 소리가 쑥 들어가고 말 것이다. 이렇게 말하는 이들은 그림자 노동의 공덕을 모르는 사람들.

처음 출가해서 제일 힘든 게 밥하는 일과 빨래하는 거였다. 이런 일들을 자신이 직접 해결해야 하는 입장이 되면 사정은 달라지게 마련이다. 이런 이유 때문에 식사와 빨래를 해결해 준다는 것은 대단히 고마운 일이 아닐 수 없다.

한 방울의 물에도 천지의 은혜가 스며 있고
한 알의 곡식에도 만인의 노고가 담겨 있다.

공양 게송의 일부분이다. 이 세상에 노고와 은혜 없는 것은 없다. 밥상이 차려지기까지의 공덕을 외면해서는 안 되는 이유가 이 속에 있다. 이 세상에 음식 만드는 일이 가장 큰 일이다. 옷은 안 입어도 살 수 있지만 밥을 먹지 않고서는 살 수 없다. 이런 까닭에 식사대사食事大事다.

매미에게 들으라

　매미 소리가 요란하다. 시끄러울 때는 법당의 염불 소리가 묻힐 정도다. 매미 울음소리를 가만히 들어 본다. 여기서 울면 저기서 울고…. 이어달리기하듯 번갈아 울어 댄다. 동시에 울지 않는 것은 서로의 구애求愛를 방해하지 않기 위해서다. 매미 종류마다 그 울음이 다르기 때문에 한꺼번에 소리 내면 암 매미가 그 소리를 알아듣지 못하기 때문에 그렇다. 독특한 울음으로 자신의 짝을 찾는 매미에게도 이처럼 기막힌 생존의 법칙이 존재한다.

　도심의 매미들이 시골 매미들보다 시끄럽단다. 오죽했으면 매미 소리를 소음이라고 말했겠는가. 서울 아파트 단지에서 매미 소리를 측정했다는 자료를 보았다. 결과는 평균 72.7데시벨. 자동차 주행 소음이 67.9데시벨이라고 하니까 그 소리의 세기를 알 만하다.

그런데 도심의 매미가 크게 우는 이유가 있다. 자동차 등 도시의 소음 때문에 더 큰 소리로 울어야 저편의 암컷에게 들리기 때문이다. 그리고 밤낮없이 울어 대는 원인도 알고 보면 가로등 불빛으로 인해 그들의 밤을 빼앗긴 탓이다. 그러므로 시끄럽지만 그들의 생태를 이해해야 스트레스가 되지 않는다.

여름엔 매미 울음소리가 나야 제격이다. 매미 소리는 한여름의 상징 같은 풍경이다. 만약 여름에 매미가 울지 않는다면 생태계에 혼란이 일어나 우리 인간을 위협할 것이다. 그러므로 매미 울음을 단순히 소음이라고만 표현한다면 인간의 독선일 수도 있다.

점심 공양을 마치고 매미 울음소리를 따라가 봤다. 삼성각 앞의 느티나무 가지에 붙어 맴맴 울고 있었다. 아직 구애의 짝이 찾아오지 않았는지 소리가 멈추지 않는다. 방에 와서 자료를 뒤적거려 보고서야 매미 울음의 종류가 여러 가지라는 것을 알았다. 수컷이 암컷을 부를 때 우는 본 울음, 암컷이 가까이 오면 속도를 높여 우는 유인 울음, 그리고 다른 수컷의 방해 울음 등 여러 가락과 장단이 있었네.

몇 해 전 간송미술관에서 겸재 정선의 작품 〈 송림한선松林寒蟬 〉

을 만났을 때 조선 선비 사회에서 매미 그림이 사랑 받았다는 것을 알았다. 겸재의 매미 그림은 소나무 가지에 한 마리의 매미가 사뿐히 앉아 있다. 이런 그림을 보며 선비들은 청빈과 등과登科를 기원했으리라 짐작된다.

요즘 정치판을 보면 매미와 개구리가 서로 이기려고 소리를 질러 대는 형국이다. 여야의 정치 논리가 피장파장이라서 듣는 사람들은 시끄럽기만 하다. 국정원 청문회도 그렇고 사초史草 공방도 그렇다. 서로 옳다고만 주장한다. 사건의 본질은 사라지고 억측과 오해만 분분하다. 셰익스피어의 지적처럼 소문은 '제멋대로의 추측과 악의가 불어 대는 피리'인지도 모른다. 뜬소문은 강물과 같아서 그 수원水源은 별것이 아니지만 하류로 갈수록 넓어진다. 한 입 두 입 건너가다 보면 나중에는 엉뚱한 쪽으로 빗나가는 수가 있다.

"과거와 현실이 싸움을 하면 미래가 손해를 본다."

영국 총리 처칠의 말이다. 여기에서 정치적인 해답을 찾아야 한다. 한 나라의 온갖 잠재력을 과거사에만 집중하고 오늘을 허술하게 지나치면 미래를 위해서는 투자할 수 없다. 지나간 일에 너무 매달려 국력과 국론을 소모할 필요는 없다고 본다.

우리말에 "어지간히 해 두라."는 표현이 있다. 선조들의 처세법이기도 하지만 삶의 지혜가 담긴 말인데 극성스럽게 끝까지 물고 늘어지지 말라는 것이다. 다시 말해 생각을 돌이키라는 뜻. 이 표현은 극한적인 투쟁을 피하라는 가르침이다. 무엇이든 극한과 막장으로 가는 싸움은 좋지 않다. 삶의 균형을 잃지 말라는 오래된 지혜이기도 하다. 좋은 일이든 나쁜 일이든 모두가 한때다. 모두가 한때이기 때문에 극복하고 용서할 수 있는 용기와 기량이 생기는 법이다.

좋은 장단도 하루이틀이다. 아무리 민의를 대변하는 정쟁政諍일지라도 제발 어지간히 하길 바란다. 자꾸 반복하면 매미 소리보다 더 싫증날 수 있다. 그래도 이 여름날 울고 있는 매미 소리보다는 조용해야 하지 않겠는가. 이래서 요즘은 뉴스를 멀리하고 매미 소리 듣는 일로 피서를 즐기고 있다.

이런 짓을
그만두게 할 수는 없을까

오늘 아침 시내 나가던 길에 마주쳤던 견공들의 슬픈 눈이 머리에서 떠나질 않는다. 트럭에 짐짝처럼 실려 가던 개들은 그 좁은 창살 안에 서로 뒤엉켜 꼼짝 못하고 서 있었다.

나와 잠시 마주친 무언한 생명이지만 그 애처롭던 표정이 지금까지 가슴에 가시처럼 걸려 있다. 이런 마음은 소, 돼지, 닭을 싣고 가는 트럭과 마주쳤을 때도 마찬가지다. 포로처럼 끌려가던 동물들의 그 선한 눈빛이 오래오래 눈에 밟힌다. 저들이 가는 곳은 어딜까. 만약 도살장으로 향하는 길이었다면 나와 마주했던 그 시간이 그들에게는 생의 마지막 날이 될 수도 있었을 것이다. 동물들을 사고파는 나름의 사정이 있겠지만 이런 일을 겪을 때마다 종일 마음이 찜찜하다.

　이런 입장이라서 동물원을 다녀오면 기분이 좋아지기는커녕 오히려 마음이 불편하다. 철창 우리 안에 갇힌 동물들이 안쓰럽고 찡해서다. 저 좁은 공간에서 저들이 과연 행복할까 하는 생각이 늘 앞서기 때문이다. 동물원의 시설을 아무리 고급스럽게 꾸미고 밀림이나 초원처럼 조성했다 하더라도 그들의 입장에서는 감금된 생활이나 다름없다. 엄격히 말하면 격리되고 제한된 자유다. 그래서 내 눈에는 동물원의 식구들이 그다지 행복해 보이지 않는다.

　아주 오래전 중국 여행길에 안내자의 설명에 이끌려 '최대 동물원'이라는 곳을 방문한 적이 있다. 그곳에서는 하루에 한 차례 사자들에게 먹이를 주는 시간이 있는데 그 모습을 관람할 수 있다고 했다. 그런데 차마 눈뜨고는 보지 못할 장면이었다. 소 한 마리를 사자가 거주하는 공간에 풀어 놓고 먹잇감이 되도록 하는 것이었는데 나는 소의 최후까지 볼 마음이 없었으므로 이내 자리를 떠나왔다. 그날 내내 내 머릿속에는 공포에 떨던 소의 잔상이 떠나지 않았다.

　자세히 들여다보면 동물원의 이면은 이렇다. 인간에게 보여 줄 동물을 사육하기 위해 또 다른 생명이 희생당하고 있다. 동물을 사랑한다고 하면서 날마다 동물을 학대하는 이런 모순된 상황이 일어나고 있는 장소가 그곳이다. 동물들의 자연성을 훼손하는 것은 그 어떤 시설이라 하더라도 반反동물적이다. 잡혀 온 동물 입장에서는 완벽한 환경이라고 해도 결코 행복하지 않을 것이다.

최근 KBS에서 방영한 동물 다큐를 보면서 이러한 나의 생각이 더욱 분명해졌다. 제주도 연안에서 포획되어 수년간 어린이 대공원에서 돌고래 쇼를 하며 사람들의 사랑과 박수를 받았던 그 돌고래를 제주 바다로 돌려보내는 가슴 뭉클한 이야기였다. 결국 고래는 자신의 고향을 늘 그리워하면서 바다를 잊지 않았다는 걸 증명하고 있었다. 이 고래들의 사연이 모든 동물들의 공통된 본능일 것이다. 그러므로 좁은 우리 안에 가두어 인간들의 즐거움으로 삼아서는 안 된다.

명나라 때의 선승 주굉株宏 스님의 명저名著『죽창수필』에 이런 내용이 있다.

"금붕어를 기를 때에는 지렁이나 새우 따위를 먹이로 삼고, 학을 기를 때에는 작은 물고기를 먹이로 삼는다. 그런데 학의 먹이는 한 번에 작은 물고기 백 마리가 넘기 일쑤이고, 금붕어의 먹이는 지렁이나 새우가 천 마리도 넘는다. 이렇게 금붕어나 학을 기른답시고 날이 가고 달이 가고 해가 바뀌도록 살생하는 업을 끝도 없이 짓고 있다. 누에를 치고 가축을 기르는 것은 옷을 입고 배

불리 먹기 위해서라고 하겠지만, 물고기나 학은 그저 보고 즐기기 위한 것일 뿐이다. 슬프다. 이런 짓을 그만두게 할 수는 없을까!"

동물원의 역할이 이와 다르지 않다. 동물들의 사육과 관리에 살생 업의 순환이 반복되고 있다 하여도 과언이 아니다. 개개인이 이런 도리를 인식할 수 있는 시대가 되어야 성숙한 사회다.

그 나라의 국민소득이 높을수록 동물원의 숫자가 줄어야 마땅할 것이다. 생명주의 실천이 선진사회의 올바른 잣대라고 생각하는 나의 소신 때문이다. 요즘 아이들이 호랑이와 기린을 몰라서 동물원에 가는 것은 아닐 테니까 이제는 아이들에게 동물들과 공존하는 법을 가르쳐야 할 때다. 어떤 표본을 보이기 위해 동물들을 가두고 그 권리를 유린하는 것은 시대적인 착오다. 거듭 말하지만 초원이나 바다를 떠난 동물은 결코 즐겁지 않다.

저 낙타가 선인장을 찾아 지친 여행을 할지라도 그들에겐 사막이 낙원일 것이니 한낱 인간의 구경거리로 살다가 생을 마치고 싶지는 않을 테다. 이런 점에서 아프리카의 코끼리를 수입하거나 남미의 곰들을 공수空輸하는 정책은 신중하고 신중해야 한다.

그리고 동물 쇼 역시 개인 소득이 높은 나라에서는 사라졌으면 좋겠다. 곰이 재롱부리고 코끼리가 묘기를 연출해도 기특하거나 신기하지 않다. 오히려 그들의 삶이 몹시 안쓰럽게 느껴진다. 인간들이 던져 주는 먹이를 먹기 위해 길들여진 동물들일 뿐이다. 초원을 누비며 백수를 호령하던 사자와 호랑이가 쇼 무대에서 과연 행복하다 할 수 있겠는가.

언젠가는 쇼를 하던 맹수들에게 인간들이 큰 화를 당할지 모른다. 동물들이 인간을 공격할 인과를 무서워할 시점이 되었다는 뜻이다. 숲이나 강에서 평화롭게 살아야 할 동물들의 권리를 빼앗는 것은 인간의 우월이나 특권이 아니라 잔인성이며 폭력성이라는 것을 말해 주고 싶다. 깊이 생각해 볼 일이다.

호박이 좋더라

　무더위가 사라진 요즘, 시골길을 걷는 일이 즐겁다. 살살 불어 주는 가을바람이 기분을 상쾌하게 한다. 가을볕에 벼가 익어 가는 것이 눈에 보인다. 여름을 지나온 농작물들은 어느새 결실을 준비하고 있다. 논둑의 콩도 여물고 있고 들깨도 꽃대가 튼실해져 간다.

　시골에 살게 되면서 농작물의 파종과 수확을 눈으로 확인할 수 있어서 경이롭다. 때를 어기지 않는 곡식들의 거룩한 질서. 그 질서는 생명의 순환이면서 만물의 원리다. 그 질서 속에 살아가는 하루의 일상들이 고맙게 느껴지는 아침이다.

　추석을 앞두고 대추도 색깔이 달라지고 밤송이도 알이 굵어진다. 가을 길목에서는 마음이 저절로 풍요로워지지 않을 수 없다. 무엇보다 가을 햇빛에 영글어 가는 호박을 보면 인정의 둘레가 넉넉해지려 한다. 집집마다 호박 줄기가 길게 뻗어 담쟁이가 되어 있는 풍경은 참 평화롭다. 농가農家마다 맷돌 같은 호박들이 즐비하다.

예부터 귀족들에게는 괄시를 받았지만 서민들에게는 대접받던 농작물. 잎이 무성한 한여름에는 넝쿨과 풀에 가려 잘 보이지 않던 호박이 바람이 선선해지니까 하나둘씩 드러난다. 가만히 그 자리에서 늙은 호박으로 변해 가고 있다. 호박은 늙을수록 귀품이 있다는 말을 들었다. 정말로 누렇게 변해 갈수록 호박의 자태가 더욱 둥글둥글하다. 모두가 나이 먹는 건 싫어하는데 늙을수록 좋은 것은 고목古木과 호박뿐이다.

속리산 비로산장에 들렀다가 방에 적혀 있는 '호박의 자부自負'라는 글이 인상 깊어서 메모해 둔 것이 있다.

호박꽃이 꽃이냐 비웃음을 받고요
울퉁불퉁 둥글납작 내 용모 보기 흉해도
겉만 보고 속단 말 것

사람 아닌 호박입니다.
나 속살 단맛 있고
영양가 높고
침을 놓아도 까딱 않는
참을성 좋고
마음씨 둥글어 모가 없으니
겉 밉고 속 예쁜 호박입니다.

호박은 그 생김새 때문에 놀림을 당하지만 호박만큼 알차게 인물값 하는 농작물도 없다. 구덩이를 파고 호박씨를 심어 보면 버릴 게 하나도 없다는 것을 알게 된다. 호박씨 하나에서 그 줄기가 뻗어 호박이 주렁주렁 달리는 것을 보라. 이보다 더 남는 장사는 없다. 거기다 잎은 따서 쌈 싸 먹고, 줄기는 쪄서 먹고, 애호박은 반찬 해서 먹을 수 있으니 밑지는 것이 아예 없다.

다른 농작물은 손길이 많이 가고 풀도 뽑아야 하는데 호박은 눈길 한번 안 주어도 쑥쑥 잘 자란다. 척박한 땅에서도 기름진 땅에서도 투정 없이 잘 자란다. 마치 호박의 둥글둥글한 모양처럼 성격도 모나지 않고 덕스럽다.

올해는 호박을 여러 군데 심었다. 비탈진 밭두렁에도 심고, 산신각 뒤편의 빈터에도 심고, 밭고랑에도 심었다. 그런 덕에 올 여름에는 호박잎 반찬을 즐길 수 있었고 애호박을 이웃들에게 많이 나누어 주었다.

지난 정기법회 때는 호박을 주제로 이야기를 했다. 호박처럼 살아 보자는 게 요지. 요염하지 않고 화려하지 않지만 정이 가는 호박 같은 그런 사람이 좋을 것이라고 말했다. 모나지 않고 둥글둥글하게 산다는 것이 생각처럼 쉽지 않은 세상이라서 더욱 그렇다.

시인 함민복은 그의 시에서 "호박 한 덩이 머리맡에 두고 바라다보면 방은 추워도 마음은 따뜻하네."라고 말했다. 이런 사람이면 얼마나 좋을까. 곁에 있는 것만으로도 위안이 되고 웃을 수 있는 사람. 그런 성품을 지닌 사람은 호박 같은 사람이다.

허리 한쪽이 서늘해지는 이런 가을날에 호박이 있어서 새삼 위로가 된다. 이제 비 오는 날은 호박전 부쳐 먹고 눈 오는 날에는 호박죽을 만들어야겠다.

남의 떡에
관심 갖지 말라

13세기 터키의 인물, 나스레딘 호자. 그의 일화는 아직까지 세인들에게 널리 전해지고 있다.

어느 무더운 여름날, 길을 가던 호자가 햇빛을 피하기 위해 잠시 쉬어 갈 곳을 찾았다. 호자는 길옆의 상수리나무 그늘에서 쉬어 가기로 했다. 그런데 나무 그늘에 앉아 길 건너를 바라보니 크고 둥근 호박들이 탐스럽게 여물어 가고 있었다.

그것을 보고 호자가 "아, 하늘의 뜻은 참 오묘하다. 이렇게 하늘을 찌를 듯이 크게 자란 상수리나무에는 조그만 열매를 맺게 하고, 저렇게 여린 연한 줄기에는 커다란 호박이 열리게 하다니…."

라고 말했다.

즉 하늘의 뜻을 잘 모르겠다는 한탄 같은 것이었다. 그런데 그때 상수리 열매 하나가 호자의 머리 위로 떨어졌다. 그러자 호자가 무릎을 꿇고 두 손으로 빌면서 말했다.

"아, 제가 잘못했습니다. 저는 결코 하늘의 일에 간섭하지 않겠습니다. 저렇게 큰 호박이 나무에 열렸다면 지금쯤 제 머리는 크게 다쳤을 것입니다."

연한 줄기에 호박이 열리고, 큰 나무에 작은 상수리 열매가 열리는 하늘의 이치에는 다 이와 같은 이유가 있다. 세상만물은 살아가는 이치나 조건이 각각 다르다. 각각의 환경이나 능력에 맞추어 자라고 열매를 지닌다. 사람에게도 저마다 주어진 상황이 있다. 남과 같지 않은 그 상황이 어쩌면 그 사람의 몫이고 또한 과제다. 바꾸어 말하면 그 시절에 그가 지니는 짐일 수도 있다. 그래서 단순비교는 옳지 않다.

'저 사람은 저런데 나는 왜 이럴까?' 하는 심리도 상대적인 것이다. 서로가 살아가는 방식이 다를 뿐 그 내용은 비슷비슷한 경우가 많다. 기쁨과 시련도 스스로가 감당할 만한 무게만큼 주어지는지 모른다. 누구든 자신의 처지에서 이겨 내고 적응해 가는 것은 인간이 가진 또 하나의 능력이다. 흔히 남의 떡이 커 보인다고 말한다. 설령 내 손에 있는 떡의 크기가 작다고 해도 나름대로 그만한 이유가 있을 것이다. 자신에게 감당 못할 떡이 주어지면 그것도 병이 되고 괴로움의 원인이 되기도 하기 때문이다. 그러므로 남의 떡을 무조건 부러워하지 말라는 뜻.

공자님 말씀 중에 '인생삼계人生三戒'를 기억하고 있다. 인생에서 조심해야 할 세 가지를 말씀하신 것인데 색色, 투鬪, 득得이다. 색色을 조심하라는 것은 따로 설명이 필요 없을 듯. 특히 초년 시절에 이성에 탐닉하는 것을 경계해야 한다는 것은 누구나 안다.

그런데 투鬪를 조심하라는 말씀에는 설명이 좀 필요할 것 같다. 중년에는 지나친 다툼과 경쟁을 삼가야 한다는 것이다. 우리 사회에서 중년의 삶은 사회적 지위도 그렇지만 재산의 유무도 남과 경쟁하며 끝없이 비교하게 된다. 심지어는 자식과 배우자까지도 이웃과 비교하는 버릇이 있다. 자신의 삶을 다른 이와 비교하면 불행하고 고달프다. 왜 쌍둥이 같은 인생을 살려 하는가? 여기에 대한 경고가 바로 '투鬪'의 철학이다. 남과 경쟁하고 비교하는 마음을 버릴 줄 알아야 중년의 삶이 편하다는 가르침이다.

그리고 노년에는 마음을 비워야 한다는 것이 '득得'의 요점이다.

눈감는 날까지 움켜쥐고 있겠다는 것은 지나친 노탐이다. 물러날 때가 되면 그 자리를 비워 주어야 한다. 나이 들어서 명예와 재산에 너무 집착하는 것은 술주정보다 더 추하다. 인도의 격언 중에 "노인은 히말라야가 되어야 한다."는 말이 있다. 높은 산은 모두가 경외하고 우러러보게 됨을 비유로 한 말이다. 노년에는 집안의 어른으로서 존경받는 위치에 서 있으라는 말이기도 하다. 그러므로 삶의 마지막 길목에서 지나치게 소유하려는 욕심을 버려라. 이것이 '득得'에 대한 공자님의 강의 포인트다.

인디언들에게는 열두 가지 계율이 있는데, 그 중 열두 번째 계율은 이렇다.

"그대의 인생을 사랑하고 완성하라. 그대 삶의 모든 것을 아름답게 하라. 지금, 살아 있는 것에 감사하라. 그리고 그대의 이웃에게 많이 봉사하기를 힘쓰라."

자신의 삶을 사랑하고, 살아 있음에 감사하고, 이웃에게 봉사하라. 이것은 우리 모두에게 주는 가르침이다. 이 열두 번째 계율을 잘 지키면 우린 넉넉한 부자다. 재산이 많아야 부자인가? 그가 어떤 마음을 지니고, 그 마음을 어떻게 쓰느냐에 따라 부자가 될 수도 있고 가난한 사람이 될 수도 있다. 이 점을 기억하길.

모두가 한때다

염량세태炎凉世態라는 말이 있다. 누군가에게 세력이 있을 때는 아첨하며 따르고 세력이 없어지면 푸대접하는 세상인심을 비유적으로 이르는 말이다. 이런 광경은 옛날이나 오늘날이나 변함없이 존재한다. 세력의 성쇠에 따라 세상 대접이 달라진다.

한때 권력이 있을 때는 문전성시를 이루다가도 그 힘이 사라지면 얼굴 표정을 바꾸는 게 세상인심이다. 특히 정치 세계는 더욱 비정하다. 한때는 간과 쓸개를 내줄 것처럼 하다가 어느 때가 되면 간과 쓸개를 빼먹는 게 권력의 이면이다. 오죽했으면 정승이 기르던 개가 죽으면 문상하는 줄이 더 길다는 말이 나왔겠는가. 그러나 정작 그 정승이 죽으면 발길을 돌리는 게 세력의 속성이다.

아마도 청와대의 주인으로 살다가 사저私邸로 돌아간 분들은 이 세태를 더욱 실감할 것이다. 자신을 만나기 위해 줄을 섰던 그 많은 부류의 사람들이 어디 갔는지 보이지도 않을 것이다. 그저 끈 떨어진 노객들이 주변에 모여서 과거의 이야기를 할지도 모르는 일. 그래서 권력은 눈 감을 때까지 놓기 싫은 것인지도 모른다.

나만의 생각일지 몰라도 우리 역사에서 존경할 만한 전임 대통령이 없다는 게 실망스럽다. 그렇다고 생존해 있는 분들에게 점수를 더 주고 싶은 생각도 없다. 대부분 퇴임하고 나면 여러 가지 의혹에 시달리는 게 어느새 관행이 되었다. 이것은 무엇을 말해 주는가. 대통령 스스로가 사욕과 이권에서 자유롭지 못했다는 뜻이다. 지금 청와대에 있는 분도 이 점을 명심해야 한다. 권력은 국민이 준 것이다. 국민이 보장해 준 기간이 끝나면 그 자리에서 내려와야 한다는 것을 늘 각오해야 한다. 임기를 끝낸 다음의 일도 생각해야 한다는 것이다.

대만 불광산사 성운 대사의 법어를 읽던 중에 "물은 배를 띄울 수도 있으나 뒤집을 수도 있다."는 대목이 눈에 들어왔다. 권력과 재산은 물과 같다. 잘 사용하면 유용하지만 그렇지 못하면 화근이 되는 게 권세의 함정이다.

18세기 중국 소설『홍루몽紅樓夢』에 다음과 같은 구절이 나온다.

"비록 잠시는 뜻을 이루는 듯하나 결국은 스스로 발등을 찍어 생명을 잃는다."

아주 생동감 있고 실감나는 표현이다. 명예와 권력만 좇다가는 이런 꼴을 당하기 쉽다. 너무 이익만 탐하다가 제 발등 찍는 경우를 많이 보아 왔다. 그리고 비리와 뇌물은 당장은 사람들을 속일 수 있지만 언젠가는 들통 난다. 그게 역사와 인과의 순리다.

우리나라 사람은 모르지만 중국인들은 다 아는 속담이 있다.

"착한 일을 하면 상을 받고, 악한 일을 하면 벌을 받는다. 벌을 안 받는 것이 아니라 아직 때가 되지 않았을 뿐이고, 일단 때가 되면 모든 벌을 되돌려 받는다."

불교 잠언집 『법구경』에도 이와 유사한 교훈이 있는데 그 핵심은 똑같다. 세상 원리나 종교의 가르침이 다를 바가 없다는 생각이 든다. 이 속담에서 말하는 그 때를 권력자들은 두려워할 줄 알아야 할 것이다.

또한 권력을 잡은 이들은 자신의 위세가 영원하리라는 자만을 버려야 하고 자신의 임기 안에 역사에 남을 치적을 이루겠다는 오만을 버려야 옳다. 그럴 때 스스로 과욕에서 자유로울 수 있기 때문이다. 고금을 통틀어 어떤 시대 어느 왕조도 모든 백성을 만족시킨 적은 없었다. 한나라의 문경치지文景治之가 아무리 좋다고 말해도, 또 당대의 정관치지貞觀治之가 아무리 이상적이었다 한들 위정자의 부패는 늘 존재했고 그래서 백성들의 불만은 있었다.

세상은 자기 뜻대로 바뀌지 않고 또 바꿀 수도 없다. 왜냐하면 장단과 모순이 세상의 이치이며 실상이기 때문이다. 인생은 유한한데 무한한 역사의 물줄기를 돌리는 것은 쉽지 않다. 세상이 너무 완벽하길 애쓴다면 자신의 인생이 먼저 망가지는 경우가 생긴다는 말이다.

"과한 불평불만은 오히려 자신을 곤란하게 하나니 세상만사를 늘 넓은 마음으로 바라보아야 하리라."

중국 천하를 호령했던 마오쩌둥의 회고다. 한때 권력을 쥐었다 하더라도 세상 전부를 바꾸려는 욕심 부리지 말고, 또한 그 권력에서 제외되었다 하더라도 울분이나 증오를 지니지 말아야 정신 건강에 좋다. 인생 정답은 따로 없지만 세상이 변한다는 것은 정해진 답이기 때문이다. 세상 모든 것이 다 한때다. 이것만이 스스로를 겸손하게 만들고 스스로를 위로할 수 있다.

"언젠가는 지나간다. 열흘 붉은 꽃이 없으며 10년을 누리는 권력도 없다."

오늘 청와대의 주인이 바뀌는 것을 보고 권력을 지닌 자들과 그 권력을 잃은 이들에게 전해 주고 싶은 말이다.

즐거운 스트레스

올해 들어서 신장 기능이 저하되어 약을 먹고 있다. 병원 다니는 일도 그렇고 매일 약을 챙겨서 복용하는 일이 은근히 스트레스가 되었는데, 이제는 생각을 바꾸고 즐겁게 받아들이는 중이다. 병을 얻은 것은 예기치 않은 변수지만 오히려 그 일로 인해 건강을 챙기게 되었으니 잘된 일이라고 위로한다.

흔히 건강의 요점은 '삼불三不'에 있다고 말한다. 즉, 운동 안해서 병이 생기고, 편식 안 해야 건강하고, 걱정 안 해야 즐겁다는 것이다. 따지고 보면 이 세 가지를 조절하지 못해서 병이 생긴다는 뜻도 된다. 공감되는 지적이라서 이웃들에게 자주 인용하고 있다. 건강 비결이 그다지 복잡한 것이 아닌데도 기본을 잊고 사는 게 문제다.

아침마다 마을길을 걷는 것이 하루 일과가 되었다. 운동이 스트레스가 되지 않으려면 즐겨야 되겠구나 하는 생각을 새삼 하게 된다. 운동을 숙제하듯이 하면 힘들지만 일상의 일로 생각하면 의미 있는 일로 다가온다. 매일 밥을 먹으면서 스트레스 받는 이들이 없듯이 평소의 일로 받아들이면 성가신 일이 아니다. 그러니까 운동이 목적이 되기보다는 일상의 과정이 되면 좋다는 뜻이다.

중국의 지식인들에게 널리 존경 받았던 지셴린 선생의 수상록을 읽으면서 즐거운 스트레스가 있다는 것을 배웠다. 적당한 스트레스는 위기의식을 느끼게 한다는 점이다. 위기를 감지하지 못하면 자신이 어떤 위험 상황에 놓여 있는지 알지 못한다. 그렇지만 위기를 알면 긴장하고 강해지는 이점이 있지 않던가. 선생의 글을 소개하면 이렇다.

"보통 사람들에게는 법률과 합리적인 제도가 모두 자유로운 행동을 제한하는 스트레스다. 하지만 이런 스트레스는 얼마나 좋은가? 그것들이 없다면 사회는 혼란에 빠지고 인간은 생존의 틀을 잃는다."

선생은 스트레스의 순기능을 말하고 싶었던 것이다. 어떤 문제를 해결하려고 동분서주하는 것이 때로는 무료한 일상보다 나을

몸을 뒤흔들 것이다

최근 발생한 필리핀 태풍 소식은 가슴 아픈 일이다. 강력한 태풍의 위력은 엄청나서 도시 전체를 아비규환의 폐허로 만들었다. 이런 기상 변화가 올 때마다 인류의 큰 재앙을 예고하는 이번 같아서 불안하고 걱정된다. 이미 수십 년 동안 지구촌에는 크고 작은 자연재해들이 수없이 발생했지만 그 심각성을 인식하지 못하고 있다.

모든 일에는 반드시 그 까닭이 있게 마련이다. 원인 없는 결과는 없다. 세계 곳곳에서 일어나는 재앙들은 우연히 일어나는 일이 아니라 어떤 원인이 만들어 낸 필연적 결과인 것이다. 물론 그 중심에는 인간의 욕심과 문명이 더 많은 원인을 제공했다.

지질학자들의 주장은 이렇다. 땅이 심한 긴장과 스트레스를 받을 때 자신의 판 조각을 움직임으로써 그 무거운 스트레스를 푼다고 한다. 스트레스를 풀기 위해 판 조각을 움직이는 것이 지진이라는 설명이다.

지난 1960년 칠레에서 일어난 지진을 목격하고 나서 정신분석학자 칼 융은 이렇게 분석했다.

"오늘날의 과학자 대부분은 나의 견해에 찬성하지 않을 수 있으나, 우리들이 살고 있는 이 지구는 우리들의 심리적 상태나 정신적 상태에 정직하게 반응한다."

인간들의 마음속에서 일어나는 파괴적인 분노와 증오가 지진과 같은 엄청난 재난을 가져온다는 소리다. 충분히 일리 있는 말이다.

인간의 파괴 본능이 결국은 무분별한 자연 훼손을 가져왔고 편리한 문명은 환경오염과 생태계 교란에 영향을 주고 있기 때문이다. 결국 인간이 가지고 있는 마음의 진동을 자연이 그대로 느끼고 받아들이고 있는 것이다.

자연 또한 하나의 생명체. 그런데 우리 강산을 돌아보면 어느한 곳 멀쩡한 데가 없다. 산과 강이 온통 상처투성이다. 한마디로 흐름과 맥을 인위적으로 끊어 놓고 있으니 공기와 물의 순환이 제대로 이루어질 리 만무하다.

개발과 경제 논리는 자연을 파괴하는 무서운 굴착기다. 자연에 깃들거나 의지했던 조상들의 논리는 색 바랜 이야기다. 사람들에 의해 원래의 지형이 하루아침에 바뀌기도 하는데 모두가 도시화의 산물이다.

일전에 히말라야의 작은 왕국으로 불리는 부탄을 다녀왔다. 그 나라 도시의 모습은 숲속에 오밀조밀 모여 있는 시골의 풍경이었다. 자연 속에 포근히 안겨 있는 그런 형국의 도시라서 여행하는 내내 숲을 느낄 수 있었다. 인공적으로 조성된 공원이 아니라 자연 그대로의 숲이다.

전통 가옥에서 그들의 의상을 입고 그들의 가치관으로 살고 있는 사람들. 넓은 도로를 내고, 큰 빌딩을 세워서 대형 도시를 만들지 않더라도 그쪽 사람들의 일상에서는 웃음과 여유가 넘쳐 났다. 생활환경이 그렇게 만들었을 테지만 그들의 행복지수는 우리보다 월등히 높다. 높은 경제 발전과 지나친 도시의 팽창은 환경 훼손이 불가피하다는 생각을 하고 돌아왔다.

옛 어른들은 산에 가는 일을 입산入山이라고 표현했다. 근래에는 등산이라는 단어를 사용하고 있는데 어떤 표현이 더 겸손할까. 등산이라는 표현은 어쩐지 오만한 지배자의 시각 같다. 이렇듯 인간 우위의 사고思考들이 보다 겸손해져야 자연과 친화될 수 있다.

　자연은 모든 생명체의 어머니와 같다. 이런 어머니를 마구 더럽히고 파괴하고 있다는 것을 반성해야 한다. 이 대지에 상처를 입히는 것은 곧 자기 자신에게 상처를 입히는 결과가 될 수 있는 까닭이다. 그 해악은 우리에게 부메랑으로 돌아올지 모른다. 현대인의 재난과 질병은 대지를 병들게 한 인간들이 받는 인과응보일 수 있다. 왜냐하면 인간은 자연에서 나누어진 지체枝體이기 때문이다. 모체가 병을 앓고 있는데 그 지체가 성할 리가 없다는 이치다.

　인디언의 영적 지도자 '구르는 천둥'은 미국 의회에서 문명인을 향해 다음과 같이 연설했다.

　"대지는 지금 병들어 있다. 인간들이 대지를 잘못 대해 왔기 때문이다. 머지않은 장래에 큰 자연재해가 닥칠 것이다. 대지가 자신의 병을 치료하기 위해 몸을 크게 뒤흔들 것이다."

　자연이 인간을 용서하지 않을 것이라는 예측이며 경고가 아니겠는가. 동물들이 오물을 떼어 낼 때 몸을 부르르 털듯이 지구도 몸살을 견뎌 내기 힘들 지경이 되면 스스로 살아남기 위하여 몸을 크게 뒤흔들 것이라는 예고다. 자연의 섭리를 존중하며 살았던 한 인디언의 예언은 50년이 지난 지금, 그 징후들이 도처에서 나타나고 있다.

지진과 폭우는 자연의 재채기이며 눈물이다. 언제 어느 곳에서 지구가 몸을 뒤흔들며 스스로를 정화할지 알 수 없으나 그 재난의 피해자가 자연 속에 깃들어 사는 인간의 몫이라는 것은 확실하다. 인과법에서 지진이나 가뭄 등 자연재해는 신의 벌도 아니고 자연의 심술이나 변덕도 아니다. 인간의 이기와 탐욕이 만들어 내는 업보일 가능성이 높다. 생각해 보니 나도 이 세상을 의지해 살아오면서 지구의 자원을 많이 소비하고 그만큼 환경을 오염시킨 것 같다.

동진시대의 스승 승조僧肇 법사는 '천지여아동근天地與我同根'이라는 법어를 남겼다. 자연과 인간은 서로 연결되어 있다는 뜻. 이 사실을 내 가슴에 담고 또 담는다. 그렇지 않으면 또 어떤 재앙의 대가를 치를지 모른다. 정말 상상만으로도 무섭고 끔찍한 일이다.

여름 부채를 치우면서

아침저녁으로 기분 좋은 바람이 불어온다. 가을 느낌이 제법 난다. 며칠 전부터 밤이 되면 열어 두었던 창문을 닫고 잠을 잔다. 이제는 냉장고에 넣어 둔 음식도 이가 시려서 꺼리게 된다. 무서운 기세로 뻗어 가던 풀도 힘이 빠졌는지 더 이상 자라지 않는다. 어른들 말씀이 처서處暑 지나면 풀도 약해진다더니 틀리지 않다.

오늘 아침에는 일찍 무너져 내린 병든 낙엽들을 쓸었는데 비로소 여름이 다 지나간 것이 실감 났다. 무엇이든 그 때가 있다. 한여름 폭염도 때가 되면 이렇게 물러나게 되어 있는 게 세상 이치다. 자연의 질서는 그 때를 역행하지 않는다.

더위가 물러나면서 선풍기도 멀어진 물건이다. 여름 내내 친구가 되어 주었던 부채도 정리해서 보관해야 할 시점이다. 계절이 바뀌면 이렇듯 물건들이 쓰일 때가 있고 쓰이지 않을 때가 있나 보다. 부채를 치우면서 이렇게 말했다.

"여름 내내 바람 피웠던 놈들이네."

바람 피웠던 부채들 때문에 여름 한철이 여유 있고 행복했다. 부채 바람은 선풍기 바람과 그 느낌이 다르다. 일률적인 기계 바람이 아니라서 정감이 느껴지는 그런 바람이다. 이래서 부채 바람은 그 나름의 맛과 아취가 있다.

예부터 부채를 일러 '지죽상혼紙竹相婚 기자청풍其子淸風'이라 했다. 즉, 종이와 대나무가 만나서 그 자식이 맑은 바람을 낸다는 말이다. 한지韓紙와 대나무 살이 만들어 내는 그 바람은 가히 청풍淸風이라 해도 지나치지 않다. 근래에는 회사 판촉물과 사은품으로 받은 플라스틱 부채가 주변에 널려 있는데 그 바람은 어쩐지 생명이 없는 바람 같다.

올여름에는 부채를 가까이 하고 지냈다. 우리 민요에 "가을에 곡식 팔아 첩을 사고 오뉴월이 되니 첩을 팔아 부채 산다."는 표현이 있다. 여름에는 끈적끈적한 사람보다는 부채가 더 필요한 물건이라는 뜻이겠다. 여름을 냉방기 없이 지내 보니 부채의 소중함이 더 크게 느껴졌다.

나는 합죽선이라고 부르는 쥘부채보다는 둥근 모양의 손부채를 선호한다. 단오端午가 오기 전에 한지로 만든 부채를 구입해서 이웃들에게 나누어 주고도 하였다. 부채에 글을 적고 그림을 그려 주면서 안부를 주고받을 수 있어서 더 좋았다. "여름 생색은 부채요, 겨울 생색은 달력이다."라는 말처럼 이번 여름에는 부채로 생색을 제법 낸 셈이다.

조선 중기의 문인 임제林悌는 한겨울 날 연인에게 부채 선물을 하였나 보다. 임제가 설홍雪紅에게 보냈다는 시詩는 지금도 부채의 화제畵題로 즐겨 쓰인다.

한겨울에 부채 선물을 이상히 생각하지 말라.
너는 아직 나이 어리니 어찌 능히 알겠느냐만
한밤중 서로의 생각에 불이 나게 되면
무더운 여름, 유월의 염천보다 더 뜨거울 것이다.

연모하는 마음이 절절하면 여름의 더위와 견줄 수 없을 것이다. 임제는 설홍을 운명적으로 만나서 사랑하였지만 아픈 이별을 하면서 편지로 슬픔을 달랬다고 한다. 그런데 이 편지를 받은 설홍의 답글이 더 애틋하다.

한겨울 부채 보낸 뜻 잠깐 생각하니
가슴에 타는 불을 끄라고 보냈거니
눈물로도 못 끄는 불을
부채인들 어이 하리.

물리적인 더위보다 심리적인 더위가 더 고약하고 힘들다는 것은
사랑하는 사이가 아니라도 적용되는 논리다.

마음이 고요하고 편안하면 한여름 무더위도 덜 짜증스럽다. 그
러나 마음이 복잡하고 일이 분주하면 폭염의 온도는 더욱 상승하
기 마련이다. 한여름의 더위라 하더라도 마음의 조건에 따라 체감
온도가 달라진다는 것은 누구나 안다. 중요한 것은 더위를 수용
하는 태도와 관점이 아닐까.

지난여름 절에 다니러 온 할머니와 손자의 대화를 들은 적이 있
다.

"할머니! 날씨가 왜 더워요?"

"여름이니까 덥지!"

할머니의 이 대답 속에서 새삼 여름 더위를 이길 수 있는 지혜를

얻었다. 별다른 답이 딱히 없다. 여름이니까 더울 뿐! 여기에 다른 이유를 붙이는 건 어리석다. 만약에 여름이 덥지 않으면 그게 오히려 이상하지 않겠는가. 그러므로 한여름의 더위도 즐길 줄 알아야 스트레스가 되지 않는 법이다. 부채질을 하면서도 시원한 상황과 비교하면 더욱 덥게 느껴지는 법. 한마디로 상대적인 더위에서 자유로워지자는 뜻이다. 날씨도 뜨거운데 짜증 지수까지 올라서야 되겠는가. 당연히 감수해야 할 일에는 시비를 놓고 지내는 게 차라리 속 편하기 때문이다.

'여름이니까 덥지!' 이런 마음으로 이번 여름을 보냈다. 물론 부채도 한몫을 단단히 했음이다. 여름 내내 바람 피웠던 부채를 보면서 이런저런 말이 길어졌다. 모두들 여유 있는 가을 맞이하시길.

빚지는 삶을 살지 말길

　희망찬 새해가 떠올랐다. 새해 첫날부터 법주사 수정봉에는 해맞이를 위해 많은 인파가 몰렸다. 그 새벽부터 장엄한 일출을 보면서 각자의 소원을 비는 이웃들의 모습은 종교를 떠나 진지하고 엄숙하였다. 어떤 대상을 향해 염원하는 이 원초적인 행위가 가장 순수한 신앙의 본질일 것이다. 모두의 소원이 이루어지는 한 해가 되기를 나 또한 기원하였다.

　해맞이를 꺼낼 때마다 인도 바라나시 갠지스 강에서 맞이했던 일출을 잊을 수 없다. 그곳에는 일출을 보기 위해 수많은 사람들이 모여드는 성지. 아침부터 성수에 목욕을 하는 힌두교인들의 의식도 장관이다. 한역 경전에서는 이 강을 항하恒河로 적고 있는데

121

현지에서는 '강가Ganga'라고 부른다.

불교경전에 수없이 등장하는 이 강물에 손을 적시면서 일출을 감상하는 감회는 아주 감격스럽고 성스럽다. 산이나 바다가 아닌 강변에서 바라보았던 새벽 일출은 사뭇 진지하고 엄숙한 기억으로 남아 있다.

그곳 강 주변의 화장터를 둘러보게 되었을 때 유독 줄지어 서서 화장을 기다리는 인기 있는 장소가 있었다. 현지에서는 그곳을 '마니카르니까'라 했고, 그 이름이 지닌 뜻은 '계산하는 곳'이라는 설명을 듣고서야 사람들이 몰리는 이유를 알았다.

말하자면 망자가 보다 유리한 조건에서 신과 계산을 치를 수 있도록 그 화장터에서의 장례의식을 선호하는 것이었다. 이런 전통 때문에 다른 화장터보다 유명한 건 당연한 일이었다. 그렇다면 신과 무엇을 계산한다는 것일까? 대부분의 인도 사람들은 자신이 죽고 나면 힌두신이 선과 악을 계산한다고 믿는다. 생전에 지은 선악의 무게에 따라 심판하고 구원한다는 것이다.

이런 종교적인 신념 때문에 갠지스 강 주변의 화장터를 고집하는 것이다. 그래서 화장터 주변에는 이른 아침부터 연기가 멈추지 않는다. 돈이 많은 사람들은 장작을 많이 구입해서 시신을 오랫동안 태워 주지만 그렇지 못한 이들은 장작이 부족할 때도 있다.

그래서 인도의 장례에서는 빈부에 따라 화장 시간이 달라진다. 현지인의 말에 따르면, 신체 부위 가운데 가장 오래 타는 장기가 심장이란다. 누구나 가슴 뜨겁게 한 생을 살았다는 마지막 말을 친지에게 전하고 싶은 걸까. 그 이야기를 들으면서 심장이 멈추지 않고 숨쉬고 있다는 것에 새삼 감사한 마음이 들었다.

그러나 힌두신이 아무리 구원해 준다 한들 자신이 지은 죄를 속일 수는 없다. 그래서 사후의 심판은 특정 종교의 신神과 관계없이 그 죄과罪過가 공평한 것인지도 모른다. 어쨌거나 죽고 나면 누구나 생전의 업적을 평가 받는다. 우리에게 죽음이 다가오고 있다는 것은 그 계산할 날이 다가오고 있다는 뜻도 된다. 그렇다면 지난한 해 우리들의 삶은 어떠했는가? 선과 악의 무게 중심이 어디로 향해 있었는지 돌아보아야 한다.

모든 종교에서는 봉사와 베풂의 삶이 값지다고 강조한다. 이웃을 위해 얼마나 봉사하는 삶을 살았는가의 질문은 선악을 평가하는 기준이 될 수도 있다. 이집트인의 교훈 중에 죽어서 신神 앞에 서면 지옥에 갈지 천국에 갈지 결정하는 두 가지 질문이 있다고 한다. 자신에게서 기쁨을 찾았는가, 남에게 기쁨을 주었는가이다. 이는 이웃을 위한 사랑의 실천을 따져 물은 것이다. 즉, '악행을 했는가, 선행을 했는가?' 이것으로 자신의 생애를 평가 받는다는 뜻이다.

한 해를 시작하는 이 시점에서 이렇게 물어야 한다. "빚지고 살 았는가, 빚 갚고 살았는가?" 이 질문을 다시 바꾸면 봉사와 베풂 의 삶을 살았는가, 그렇지 않은 삶을 살았는가 하는 부분이다. 만약 탐욕에 집착하여 인색한 삶을 살았다면 이 사람은 빚지고 사 는 인생이었다고 정의할 수 있다.

새해에는 더 이상의 빚은 만들지 말고 살기를 축원해 본다. 그리 고 특별한 일을 기대하지 말고 평범한 일상이 계속되기를 발원하 는 것도 좋을 것이다. 사소한 일상의 질서가 무너지면 불행은 시 작된다. 행복은 이런 것이다. 어떤 질서에 변수가 생기면 행복이 흔들린다. 자신의 집안에 사고나 사건이 생겼다고 생각해 보라. 이는 아무 일 없는 것보다 못하다. 그러므로 아무 일 없는 것이 좋 은 일인 것이다. 올해에는 소원 성취나 사업 대박을 빌기보다는 '언제나 한결같아라!' 이렇게 발원하라고 했던 뜻이 여기에 있다.

완전한 봄날은 없다

봄날이지만 아직은 춥고 바람이 분다. 햇살이 따스하면 좋겠는데 그런 날은 바람이 불어서 봄볕 쬐는 것을 방해한다. 부푼 목련이 만개를 앞두고 찬바람에 움츠리고 있다. 날씨만 화창하다면 앞다투어 꽃이 필 것 같다. 그러나 바람 없는 완벽한 봄날은 일 년에 며칠 되지 않는다.

날씨를 보면 우리 인생사도 마음대로 되지 않는다는 생각이 든다. 뜻대로 안 되니까 고통과 번민이 따르는 게 아니겠는가. 문제 없는 완벽한 삶은 존재하지 않는다는 위로다. 이처럼 불완전한 것이 인생이다. 중요한 것은 그것을 인정하는 태도에 달려 있다. 안락한 삶은 언제나 불만족이지만 충만한 삶은 우리를 만족으로 이

끈다.

남송南宋 때의 문인 방악方岳은 "세상일의 십중팔구는 여의치 않고 마음에 드는 일은 한두 가지밖에 없다."라고 술회했다. 달빛도 밝으면 구름이 방해하는데 하물며 인간사에 어찌 마음에 드는 일만 생기겠느냐는 뜻. 우리 마음대로 안 되는 일이 더 많은 것도 이런 이유다. 완전하게 근심 걱정이 없는 사람은 무덤 속 주인공뿐이다.

티베트의 경전 『입보리행론』에는 다음과 같은 유명한 내용이 있다.

해결할 수 있는 문제라면
걱정할 필요 없이 해결하면 된다.
만약 해결할 수 없는 문제라면
그도 걱정할 필요 없다. 해결할 수 없으므로!

인생사는 해결할 수 있는 문제가 있고 해결할 수 없는 문제도 있다. 그런데 완벽하게 해결하려고 하니까 더 괴롭다. 때로는 미완성 그 자체가 완벽한 해결법이 되기도 한다. 따라서 해결 안 되는 일은 그냥 세월에 맡기는 것도 한 방법이다. 시간이 지나면 저

절로 해결되는 수가 있기 때문이다.

순탄한 삶도 없을 뿐더러 변수 없는 삶도 없다. 내가 이웃들에게 자주 전하는 중국 속담에 "누구나 읽기 힘든 경전이 있다."는 말이 있다. 개인이든 집안이든 근심거리 하나씩은 있다는 가르침이다. 자기 손에만 풀기 힘든 숙제가 있다고 푸념하지 말아야 한다. 살펴보면 누구나 고민거리 하나쯤은 지니고 사는 게 인생이다.

'무장공자無腸公子'라는 말이 있다. '근심 없는 귀공자'라는 뜻인데 조선 후기 한학자였던 윤희구(1867~1926)가 '게'를 일러 표현한 말이다. 바닷가를 기어 다니는 게는 몸에 창자가 없다고 한다. 그래서 애간장이 녹는 시름도 없을 것이므로 부러워했다는 것이다. 인생사 모든 일이 오죽이나 여의치 않았으면 게를 부러워했겠나 싶다. 그러나 인생사는 시름과 한숨을 피해 살 수는 없다. 모순과 갈등 속에 사는 게 인생사다.

불교에서는 오히려 번뇌와 고민을 적극적으로 수용하라고 권하는 입장이다. "번뇌가 곧 깨달음이다."라는 표현이 대표적이다. 오히려 번뇌가 치성해야 깨달음의 순간도 다가온다는 격언이다. 즉, 번뇌를 제거해 가는 그 자체가 수행이라는 것이다. 이 말은 "문제 속에 해답이 있다."는 뜻이기도 하다. 고민 자체가 해결의

실마리가 되는 경우가 많다. 그러므로 약간의 번민과 상처는 일상의 권태를 벗어나게 하는 요인이 되기도 한다. 문제 없는 인생은 해법도 오지 않은 법이다.

세상 만물은 기운이 성하면 쇠하고, 쇠하면 다시 성한다. 겨울이 가면 봄이 오듯이 세상일 또한 시종始終이 있다. 인생사에서도 영원히 좋은 일도 없고 나쁜 일이라도 연달아 일어나지 않는다는 이치다.

회교 신비주의 시인 루미는 이렇게 썼다.

인간이라는 존재는 여인숙과 같다.
매일 아침 새로운 손님이 도착한다.
기쁨, 절망, 슬픔.
그리고 약간의 순간적 깨달음 등이
예기치 않은 방문객처럼 찾아온다.
그러나 그 모두를 환영하고 맞아들이라.

이렇게 예기치 않은 손님들이 방문하는 것이 우리네 인생사다. 그렇지만 그 손님들의 방문으로 인해 새로운 기쁨을 얻는 경우가 더 많다는 점을 상기할 필요가 있다. 결국 슬픔이든 기쁨이든 머물다 가는 손님일 뿐이다.

　어제 화단에 어지럽게 널려 있던 낙엽을 치웠는데 오늘은 바람이 불어서 다시 엉망이 되었다. 내 맘에 꼭 드는 날씨를 만나기 어렵다는 것을 화두로 삼는다. 완벽한 봄날은 없다. 이것이 봄날을 맞이하는 내 나름의 위로다.

길에서
길을 묻는가?

선가의 화두 중에 "길에서 길을 묻는가?"라는 질문이 있다.
우린 길 위에 서 있으면서도 그 길을 잊고 있다.
부처님도, 하느님도, 알라신도 저 멀리 있는 것이 아니다.
가장 가까운 곳에 있는데 그것을 알아차리지 못하고 먼길을 헤매면서 돌고 있는 것이다.
구원의 존재는 멀리서 찾을수록 더 멀어진다.
이 또한 길에서 길을 묻는 우치愚癡와 다르지 않다.

가까이 있는 사람이
부처다

이런 이야기가 전한다. 어떤 젊은이가 부처를 찾아 길을 떠나게 된다.

"스승님! 어디 가면 살아 있는 부처님을 만날 수 있을까요?"

"저고리를 뒤집어 입고, 신발을 거꾸로 신은 사람을 만나거든 그분이 살아 있는 부처일세."

그날로 살아 있는 부처를 만나기 위해 구도 여행을 시작한다.

그런데 산속의 절에도 저고리를 뒤집어 입고 신발을 거꾸로 신은 수행승은 없었고, 시장바닥에도 그런 사람은 없었다. 어쩌다 가 저고리를 누덕누덕 기워 입은 사람을 만났어도 신발까지 거꾸로 신은 사람은 끝내 만날 수 없었다.

이 젊은이는 꼬박 3년을 산 넘고 물 건너 온 세상을 누비며 찾았지만 그 같은 이웃을 만나지 못했다. 이제는 단념하고 집으로 돌아가야 할 때.

그 젊은이는 지친 몸과 마음으로 고향집으로 돌아왔다. 3년 만에 정든 집 앞에 도착하니 목이 메었다. 울먹이는 목소리로 "어머니!" 하고 불렀다. 집을 나간 아들이 이제나 오나 저제나 오나 날마다 기다리던 어머니는 문밖에서 아들의 목소리가 들리자 반가운 마음에 뒤집어 놓은 저고리를 그대로 걸치고, 섬돌에 벗어 놓은 신발을 거꾸로 신은 채 달려갔다.

"아이고, 내 새끼야!"

이때 아들은 어머니를 보는 순간 깨닫는다.

"오메, 살아 있는 부처님이 우리 집에 계셨네!"

비로소 그는 그토록 찾아 헤매던 부처님을 가장 가까이 있는 사람에게서 발견한 것이다.

15세기 인도의 신비주의 시인으로 유명한 까비르. 그의 시에 이런 구절이 있다.

"물속의 물고기가 목말라하는 것을 보고 나는 웃는다."

가까이 존재하는 스승을 멀리서 찾는 것이 물고기가 물속에서 목말라하는 것과 무엇이 다르랴.

부처, 즉 구원의 존재자는 가까이 있다. 부처를 찾는다고, 불교를 믿는다고 주위의 인연들이나 가족에게 소홀히 한다면 그것은 신앙하는 이의 올바른 자세가 아니다. 종교를 믿는 것은 가까운 사람에게 친절하기 위해서다. 가장 가까운 사람에게 불평한다면 그것은 물고기가 물속에서 목말라하는 것과 똑같은 어리석음이다.

선가의 화두 중에 "길에서 길을 묻는가?"라는 질문이 있다. 우린 길 위에 서 있으면서도 그 길을 잊고 있다. 부처님도, 하느님도, 알라신도 저 멀리 있는 것이 아니다. 가장 가까운 곳에 있는데 그것을 알아차리지 못하고 먼길을 헤매면서 돌고 있는 것이다. 구원의 존재는 멀리서 찾을수록 더 멀어진다. 이 또한 길에서 길을 묻는 우치愚癡와 다르지 않다.

6세기 무렵 중국에서 살았던 부대사傅大士라는 선비가 있다. 주위 사람들은 불교에 심취한 그를 '쌍림 거사'라고 불렀다. 그가 남긴 시는 지금까지 많은 이들이 무척 애송한다. 그 시는 이렇다.

밤마다 부처와 같이 자고
아침이면 부처와 함께 일어난다.
참으로 부처님 계신 곳 알고 싶은가?
말하고 움직이는 그곳을 살피라.

자신이 곧 부처라는 것을 인식하라는 법문이다. 날마다 같이
자고 일어나면서도 모른다. 자신 밖에서 찾는 부처는 의미 없다.
잘못된 삶의 방식이나 가치를 전환하여 부처의 존재로 나아가야
한다. 당대唐代의 선승 임제 선사가 "사람이 부처다."라고 일갈한
것 또한 알고 보면 부처는 구하는 대상이 아니라 스스로 드러내
야 할 대상이라는 법문이다. 구름 사라지면 맑은 하늘 아니던가.
이처럼 어리석음이 소멸되면 그 자체가 부처인 것이다.

설경 속에 산사의 장명등이 졸고 있다. 저 골짜기에서는 밤새 내
린 눈의 무게에 못 이겨 넘어지는 설해목雪害木 소리가 들린다. 이런
삼동三冬 추위에 나 자신이 얼마만큼의 부처인가를 반문해 본다.

진리나 교리에
구속되지 말라

일상으로 듣고 부르는 찬불가 가운데 이런 가사가 있다.

부처님은 어디에 계실까?
저 높은 하늘에 계실까, 저 넓은 바다에 계실까?
아닐세, 내 가슴에 와 계시네.

부처님의 존재를 무척 잘 표현한 내용이라서 늘 마음에 새긴다. 부처님이 계시는 곳은 그 장소가 유별나게 정해진 것이 아니다. 그러므로 부처님은 큰 절에만 계시는 것도 아니고, 높은 산꼭대기 절에만 계시는 것도 아닐 것이다. 형상의 유무와 상관없이 오로지 믿는 사람의 마음과 자세에 달려 있다는 뜻이다. 이는 불자뿐만 아니라 모든 종교인에게 통용되어야 하는 가르침이다.

이 표현은 신의 존재는 마음 안에서 이루어진다는 말이기도 하다. 부처님을 천 번 만 번 불러도 마음에 변화가 없다면 그 부처님은 나와 무관한 대상이다. 그래서 내 가슴에 계시는 부처님을 확인할 수 있어야 진정한 신앙인이다. 마음 안에 앉아 있는 부처를 보지 못하고 다른 곳에서 찾는 것은 마치 아이를 업고 밖을 향해 아이를 찾으며 부르는 것과 똑같다.

따라서 내 가슴에 계신 부처님께 부끄럽지 않은 행동을 해야 올바른 신앙인이다. 스스로 부처님과 신의 가르침에 따라 살아가고 있는가를 살펴보란 말이기도 하다. 또한 성인의 가르침이 자신의 삶에 어떤 영향을 끼치고 있는지 물어야 한다는 뜻이기도 하다. 적어도 신앙인이라면 자신이 믿는 진리를 통해 편견과 집착에서 자유로워져야 한다. 진리나 교리에 구속되지 말고 사랑과 자비를 실천할 때 신앙은 비로소 인생의 등불이 될 수 있다.

이 시대의 신앙인들이 종교를 믿는 목적은 이와 같아야 한다. 예를 들어, 교회 다니는 분들은 하나님만 믿지 말고 하나님의 가르침을 믿어야 옳은 것이다. 그래야 종교가 달라도 사탄이니 이단이니 배척하거나 공격하지 않는다는 말. 이 지구상에서 종교 전쟁이 멈추지 않는 원인은 모두가 신 자체를 맹목적으로 믿고 따르기 때문이다.

이런 점에서 종교보다는 종교성이 중요하다는 라즈니쉬의 주장은 꽤 설득력이 있다. 종교인으로서의 성품이나 인격이 성숙하게 되면 반목이나 비난이 생길 수 없기 때문이다. 신앙을 가진 그 자체만으로도 동질감을 느낄 수 있다는 뜻 아니겠는가. 비록 자신이 믿는 신은 다를지라도 목적이 같다면 종교와 종교는 서로 충돌하지 않고 공존의 조화를 이룰 수 있다. 따라서 참다운 신앙은 교조주의에서 벗어나 교리의 실천으로 영역을 확대해 나가야 하는 것이다. 나 자신이 교회나 성당을 꺼려하지 않고 방문하는 이유도 이런 신념이 있어서다. 설령 불교 신도라 하더라도 이미 가슴에 와 계시는 부처님을 보지 못하면 그는 분명 가짜 불자다.

겉모양만 절에 다닌다고 불자가 아니다. 불자라고 한다면, 적어도 부처님의 생각과 뜻에 일치하는 행동을 해야 한다. 부처님의 가르침과 다른 행동을 하고 있다면 아무리 부처님 곁에 서 있어도 그는 제자가 아닐 것이다. 그래서 부처님을 존경하고 흠모하는 일보다 부처님의 뜻에 맞는 행위를 하고 있는가에 신앙의 초점이 맞추어져 있어야 옳다.

여기에 동의한다면 부처님 오신 날은 과거형보다는 언제나 현재형이 되어야 한다. '부처님이 오셨던 날'이 아니라 '부처님이 오시는 날'로 전환해 보라는 의미. 과거형에만 머문다면 자신의 일상에서 아주 떨어져 있는 가르침이 되기 때문이다.

성철 스님의 수행 종가인 해인사 백련암은 사월 초파일에 울긋불긋한 연등을 달지 않는다. 그것은 성철 스님의 유훈에 따른 것이다. 첫째는 날마다 부처님 오시는 날인데 따로 봉축할 의미가 없다는 것. 둘째는 연등 달고 헌금하는 돈으로 가난한 이웃에게 회향하는 가르침을 실천하기 위해서다. 물질이 넘쳐나는 이 시대에 배워야 할 초파일 풍경이다.

평범함이
특별한 것이다

오늘은 3월의 마지막 주말. 신춘新春이라지만 잔설殘雪 같은 겨울 추위가 남아 있어서 봄바람을 느끼기엔 아직 멀었다. 어른들이 말했던 춘삼월은 음력이 기준이었으니 양력 삼월은 성급한 봄이다.

그렇다고 봄의 기운이 아주 없는 것은 아니다. 땅속에서는 이미 생명들이 얼굴을 내밀기 시작했다. 낙엽 더미 속에서 수선화가 고개를 내밀고 쑥과 원추리도 수줍게 새싹을 피우는 것을 보았다. 생명의 신비는 사람의 힘으로 어찌할 수 없는 위대함이다. 벌써부터 산이며 들에서는 봄의 기운이 수런거리고 있다.

식물의 세포 압력은 5~10기압이라고 알려져 있다. 이 정도면 대단한 힘이 아닐 수 없다. 새싹들이 압력으로 쉼 없이 밀고 올라오기 때문에 아스팔트는 말할 것도 없이 무엇이든 뚫고 올라온다. 봄을 뜻하는 영어 또한 스프링(spring)이 아니던가. 이 스프링의 탄력처럼 새로운 생명이 땅 위로 솟는 것이다.

봄의 기운처럼 꾸준하게 오래오래 하면 그것이 힘이 되고 인생을 바꾸게 된다는 이치를 배운다. 기도든 공부든 꾸준히 하는 것을 못 당한다. 순자荀子의 격언 중에 '노마십가駑馬十駕'를 기억할 것이다. 느리고 둔한 말도 준마의 하룻길을 열흘에 갈 수 있다는 뜻이다. 재능이 모자라도 열심히 노력하면 영재와 가까워질 수 있다. 남이 하루 만에 할 수 있는 일이라면 나는 열흘 노력해서 하면 된다. 이것이 꾸준함의 힘이다.

조선 중기의 시인 김득신(1604~1684)은 '독서광'으로 알려진 인물이다. 그는 스스로 우둔하다 하여 책을 읽을 때는 최소 만 번 이상 읽고 또 읽었는데, '백이전伯夷傳'은 11만3천 번을 읽었다는 기록이 문집에 남아 있다. 그의 나이 59세에 과거 급제를 했다고 하니까 꾸준한 노력의 본보기다.

끊임없이 반복되는 것은 지루함이 아닐 수도 있다. 그것은 때로 생에 대한 경이로 느껴지기도 한다. 봄날에 다시 돋아나는 생명을 보면 반복의 결과이지만 그것은 놀라운 경이다. 이래서 반복되지 않는 것은 단절이며 박제다. 이 봄날에 생명의 기운이 없다면 이 대지는 죽은 것일 테다.

우리들은 어떤 때는 살아가는 일상이 지겹다고 말하기도 한다. 이런 심리 속에는 뭔가 특별한 일상을 바라는 것이 있다. 그렇지만 특별한 일이 생기지 않는 것이 오히려 행복한 일상이다. 날마다 반복되는 평범한 일상이 깨지면 무슨 사건이나 변화가 생긴 것이다. 그러므로 지루하지만 평범한 일상이 특별한 날이라고 위로해야 한다.

이렇듯 평범함이 진리이다. 무슨 특별한 것을 바라면 항상 원망이 따른다. 또한 특별나게 호들갑을 떨면 오래 지탱하지 못한다. 사랑도 은근한 감정이 쉬 식지 않고 오래간다. 이처럼 평범함이 인생의 힘이며 삶의 기술이다.

어느 책에서 읽은 기억이 난다. 한 노인이 잠을 자다가 깰 때마다 기침을 했다. 이 노인은 기침 때문에 성가셔서 잠을 자지 못하겠다고 친구에게 하소연을 한다. 그 말을 듣고 친구가 "이보게, 그럼 죽으면 기침을 안 할 걸세."라고 했다. 기침을 한다는 것은 살아 있다는 증거다. 살아 있으니까 자질구레한 일도 생기고 때로는 귀찮은 일도 뒤따른다. 이게 싫은가? 그렇다면 망자亡者의 땅으로 가면 해결이 가능하다. 삶이란 이런 것이다.

다시 말하지만 평범한 일상이 위대한 것이다. 평범한 일상 속에 행복과 기쁨이 있다는 것을 잊으면 곤란하다. 반전과 웅전이 있는 인생도 나름의 가치가 있지만 그 또한 지나고 나면 평범한 일상으로 돌아오는 과정이다. 그러므로 반복되는 것은 지루함이 아니라 생의 질서이며 조화다.

나와 자주 왕래하는 이웃의 스님이 지난해 부친을 간호하면서 임종을 지켜보았다는 말을 전했다. 그는 부친의 49재를 지내던 날 자신의 아버지를 세상에서 가장 위대한 인물로 존경했다는 말을 덧붙였다. 자신의 아버지가 학식과 인품이 뛰어나서가 아니라 평범하게 살아온 그 발자취가 매우 위대하게 느껴진다는 것이 요지였다. 촌로村老가 될 때까지 고향을 떠나지 않고 농사를 지었던 아버지의 삶은 단순하였지만 그것은 생의 질서에서 크게 벗어나지 않았다. 그래서 아버지의 삶은 '위대한 평범'이었던 셈이다.

평소의 순박한 마음을 잃지 않고 사는 것이 도인이다. 그래서 당대唐代의 선사들도 "평상심이 도道."라고 일렀다. 이 뜻은 특별한 마음을 내는 것보다는 분별없는 평상의 마음이 훨씬 성숙한 삶의 자세라는 의미다. 한결같은 마음이 성현이 되는 지름길이라는 말씀.

거듭 강조해도 지나치지 않다. 평범하고 꾸준한 것이 특별한 것이다. 이것 외엔 달리 정도正道가 없다.

주인이 따로 있다

오늘은 티베트의 스승 달라이 라마의 "큰 돌을 혼자서 들면 힘들지만, 여럿이 힘을 합치면 거뜬히 옮길 수 있다."는 말씀이 화제가 되었다. 최근에 새로 절터를 정하고 법당을 낙성하면서 이 말씀이 거듭 공감되었기 때문이다.

대만의 생불生佛로 추앙받는 성운 대사의 "원력을 세우면 인연이 모이고, 인연이 모이면 불사를 이룬다."는 법어 또한 이런 이치다. 여러 사람의 힘이 모이면 산도 옮길 수 있는 저력이 생긴다. 이런 힘이 신앙과 만나면 몇 배의 상승 작용을 일으키기도 한다. 저 둔황의 석굴이나 용문석굴의 불가사의한 조각들은 불심의 힘이 아니면 불가능한 일이다.

옛사람의 표현에 '물각유주物各有主'라는 말이 있다. 물건에는 각기 주인이 따로 있다는 뜻인데 집터나 절터도 마찬가지. 똑같은 터라도 누구는 자리 잡고 살고, 누구는 하루도 살지 못하는 경우가 있다. 이처럼 터가 주인을 만나면 빛을 발하게 마련이다.

이곳의 절도 내가 옮겨 오기 전에는 그저 잡초만 무성한 묵정밭이었는데 주인을 만나서 조촐한 도량으로 변모하였다. 집이든 땅이든 주인이 따로 있긴 있나 보다.

당대唐代의 시인 유우석의 『누실명陋室銘』에 이런 내용이 있다.

산이 높다고 좋은 산이 아니다.
그 산에 신선이 살아야 명산이다.
물이 깊다고 좋은 호수가 아니다.
그 물에 용이 살아야 신령한 호수다.

비록 비좁고 초라한 곳이라도 그곳에 빛나는 인물이 살고 있으면 결코 누실陋室이 아니라는 뜻. 집은 화려하고 번듯한데 사람이 없다면 그 또한 멋진 집은 아니다.

도연명의 글에 용슬재容膝齋라는 정자가 등장하는데 예찬(倪瓚

1301~1374)이 그 풍경을 그린 〈용슬재도容膝齋圖〉가 잘 알려져 있다. 무릎이 닿더라도 용납되는 집. 그만큼 집이 좁지만 정갈한 은자의 공간이라는 뜻이다. 이런 집은 비록 누추하더라도 지사志士가 살았으므로 그 어떤 궁궐보다 훌륭했던 것이다.

사원도 마찬가지다. 법당이 크고 장엄하여도 그 절에 스님이 없고 신도가 없다면 오히려 세 칸 법당의 암자보다 못할 것이다. 내가 주장하는 절의 기능은 전법傳法이고 신도의 의무는 청법聽法이다. 다시 말해 절은 번듯한데 법회가 열리지 않으면 생명 없는 것이나 똑같다. 신도들 또한 법회에 참여하지 않으면 자격이 없다는 의미다. 따라서 큰스님은 세력이 뛰어난 스님이 아니라 언제나 법문을 해 주는 스님이다. 진짜 신도는 치장을 화려하게 하는 사람이 아니라 법석에 참여하여 진리를 배울 줄 아는 사람이다.

저 산중의 작은 암자라 하더라도 청법하는 이가 몰린다면 그절은 단연코 명찰의 반열에 오를 수 있다. 그렇지만 저 시정市井의 넓고 웅장한 절이라 하더라도 청법하는 이가 없다면 그 절은 명찰이 아니라는 결론이다. 나의 이 지론은 앞으로도 변함없을 것이다.

아래 글은 『삼국사기』에 나오는 내용으로서, 온조왕 시절에 새 궁궐이 완공되었을 때 백제 사람들이 했던 말이다.

검이불루 화이불치
儉 而 不 陋　華 而 不 侈

검소하되 누추하지 않고
화려하되 사치스럽지 않다.

그 옛날 백제인들이 추구했던 미학의 기준은 이러했다. 집을 지을 때 이 조건을 갖추기가 참 어렵다. 이처럼 아름다운 것은 지나치지 않는 고졸古拙한 조화에서 시작된다는 것을 알 수 있다.

이곳에 새로 지은 이 암자가 이런 기준에서 크게 벗어나지 않도록 절제하면서 호화롭지 않게 절의 품위를 유지할 작정이다. 재차 말하지만 좋은 절은 청법을 위해 신도들이 구름처럼 모이는 그런 곳이어야 한다. 건물이 세워지기 전에 청정한 믿음과 수행이 먼저 그 둘레에 있어야 할 것이다. 이 암자 또한 누추하지만 가난하고 맑은 절이 되고자 하는 참뜻이 여기에 있다.

반일정좌 반일독서

여름철에는 아침 먹기 전에 할 일이 있고 먹고 난 후에 할 일이 있다. 밭일이나 풀베기는 해 뜨기 전에 해야 땀이 덜 나고 지치지도 않는다. 상추나 고추 등 농작물도 해 뜨기 전에 수확해야 싱싱하고 부드럽다. 아침 해가 뜨고 나면 마당도 쓸고 화분에 물도 준다. 그런 다음에는 햇살이 더 뜨거워지기 전에 마을길을 가볍게 산책하고 돌아온다.

아침 나절의 내 일과는 이렇다. 오전 10시 사시巳時 예불을 할 때까지 시간이 좀 남는다. 이럴 때는 차를 마시거나 책을 읽는다. 오늘처럼 비가 내리면 낙숫물 소리를 들으며 창밖을 바라보는 것을 즐긴다. 비를 흠뻑 맞은 수목들의 생기 넘치는 풍경이 한눈에 들어

온다. 아무에게도 방해받지 않는 이 시간이 내 일과의 백미다.

남송의 유학자 주자朱子의 시에 이런 표현이 있다.

오무종죽오무예소　　반일정좌반일독서
五畝種竹五畝藝蔬　　半日靜坐半日讀書

다섯 이랑은 대나무를 심고, 다섯 이랑은 채소 갈고
한나절은 좌선하고, 한나절은 글을 읽는다.

추사 선생도 이 글귀를 좋아했다고 알려져서 충남 예산에 있는
그의 고택에도 이 내용을 주련으로 써 놓았다. 밭이랑을 뜻하는
묘畝는 독음할 때는 '무'로 읽어야 한다.

이런 글을 읽고 있으면 잔잔한 기쁨이 고이면서 그 어떤 것도
부럽지 않다. 비록 대나무는 아니지만 다양한 나무가 있고 채소
심을 밭이랑이 있으니 이 정도면 만족하지 않은가. 또한 반나절
은 독서하고 고요히 있을 수 있으므로 이 또한 조촐한 복이라 여
긴다.

중년의 나이 때문인지는 몰라도 이제 번거롭거나 분주한 삶은
좀 멀리하고 싶다. 몇몇 벗들은 벌써 은거隱居하냐고 물어 보기도

하지만 이런 소박한 생활이 좋다. 누구나 전원田園 생활을 은퇴 후의 계획으로 생각한다. 그러나 너무 늦은 나이다. 환갑 지나서 허리 아프고 무릎 부실한데 어찌 논밭을 일구겠는가. 은퇴 후의 일이라 하더라도 미리미리 연습하고 즐겨야 한다. 시골 생활은 즐기지 않으면 힘들고 귀찮은 일상이 되고 말기 때문이다.

인생은 타성적인 흐름보다는 주체적인 흐름으로 바꾸어 가야 한다. 인생의 노후는 타성에 떠밀려 마주친 상황이 되면 허망하고 쓸쓸하지만 주체적 가치관에 따라 선택한 상황이라면 의미 있고 활기차다. 따라서 젊은 시절부터 동경하고 즐겨하던 삶의 모습이 노년의 그림이 되어야 한다. 이렇게 되려면 스스로의 가치관을 물질 중심에 세속화되지 않도록 경계하고 가꾸어야 한다.

이곳에 살다 보면 새벽 창으로 번지는 여명은 자명종이나 다름 없고 지저귀는 숲속의 새소리는 반가운 아침 인사처럼 들린다. 어젯밤에는 샘물 소리를 베개 삼아 잠들었는데 오늘 아침에는 숲속의 청아함이 나를 깨운다. 이것 외에 더 무엇을 바라겠는가. 홀로 사는 이에게는 맑고 투명한 이런 시간이 은은한 기쁨이다.

이럴 때는 종일 대문 빗장을 걸고 나만의 시간을 즐기고 싶다. 불쑥불쑥 방문하는 손님들로 인해 한적한 고요가 방해받을 때도 많다. 손님이 한나절의 한가를 얻을 때 주인은 한나절의 한가를 잃는다는 옛말이 있다. 손님과 주인의 입장차를 말한다. 맞이하는 입장과 방문하는 입장은 반대적인 상황이다. 그래서 손님을 맞이하는 주인은 그로 인해 일상에 방해를 받는 것이다.

어제도 늦은 오후에 김매는 일을 하고 있는데 예고 없이 손님이 방문했다. 일을 하다가 손을 놓을 수도 없고 그렇다고 손님을 우두커니 세워 놓을 수도 없었다. 이럴 때는 일의 흐름이 중단될 수밖에 없다. 그러므로 불쑥불쑥 남의 집을 방문할 일이 아니다. 귀와 눈이 열리는 운명적 만남도 있지만, 일상적인 범속한 만남은 때때로 시간 낭비이며 무례일 수도 있으니 말이다.

배고파 밥 먹으니
밥맛이 좋고
자고 일어나 차를 마시니
그 맛이 더욱 향기롭다.
외떨어져 사니
문 두드리는 사람 없고
빈집에 부처님과 함께 지내니
근심 걱정이 없네.

고려 선승 원감(圓鑑 1226~1293) 국사의 선시다. 음미할수록 그 맛이 깊고 담백하다. 탈속한 경지가 잘 드러난다. 신선처럼 산다는 것은 마음이 신선이 되어야 가능하다. 그 아무리 신선이 노닐 만한 절경이라도 마음이 고요해지지 않으면 그곳은 자기를 구속하는 감옥이나 다름없다.

누구나 하루하루의 생활 때문에 이렇게 살 수는 없다. 그렇지만 몸은 속진(俗塵)에 있더라도 마음은 이런 삶을 즐기고 동경할 줄 알아야 현재의 고난을 위로받을 수 있다. 새우잠을 자더라도 고래 꿈을 꾸어 보라. 종래에는 그 꿈이 내 삶의 방향을 이끌 것이기 때문이다.

비 오는
가을 아침에

간밤에 천둥소리와 빗소리가 요란해서 잠을 뒤척이다 일어났다. 처마로 떨어지는 낙숫물도 이런 날에는 시끄럽기만 할 뿐 운치는 없다. 단꿈을 깨우지 않을 정도로 똑똑 떨어져야 가을날은 어울린다. 댓돌에 비가 들이쳐서 일어나자마자 신발을 들여놓았다.

아침 공양 전에 밖을 나가 보았다. 밤새 물길이 달라진 곳이 없는지 살펴보고, 비바람에 날아간 물건은 없는지 둘러보아야 하기 때문이다. 곳곳에 물이 고인 곳은 낙엽 더미가 그 원인이다. 막힌 부분을 치워 주면 콸콸콸 물이 빠지는데 그것을 보고 있으면 내속도 시원해진다.

이제 막 피기 시작한 코스모스가 어젯밤 비바람에 넘어지지 않았을까 걱정했는데 멀쩡하다. 여름 태풍에 꺾이고 넘어진 놈도 많은데 용케 죽지 않고 제 일을 다 한다. 올봄에 종묘상에서 코스모스 씨를 얻어 와서 여기저기 뿌려 두었는데 새싹이 나오고 여름 내내 키를 키우더니 이제야 자신의 때를 만났다. 각기 다른 색깔의 꽃이 더욱 청초하다. 한들한들 피어 있는 코스모스는 높고 맑은 가을 하늘과 가장 잘 어울린다. 올봄에 코스모스를 심은 뜻도 이런 이유에서다.

가을비는 어쩐지 적요하다. 감정의 선율이 다른 때보다 투명해지는 기분이다. 우산을 쓰고 절 뒷길을 걸었다. 아침마다 찾아오던 새들이 다 어디 갔는지 보이지 않는다. 어디서 비를 피하고 있는지 궁금했다. 생명을 지닌 이들은 나름의 몸을 숨기는 방식이 있나 보다. 낮게 날아다니던 고추잠자리도 어디선가 비를 피하고 있는 모양이다.

요사채 뒤의 벚나무는 울긋불긋 색을 바꾸더니 간밤의 빗줄기에 잎이 우르르 쏟아졌다. 그 덕분에 늦가을도 아닌데 벌써 낙엽 쌓인 길을 만들었다. 하나둘 떨어지는 낙엽은 곧 다가올 겨울을 예고한다. 수목들은 이렇게 하나하나 정리하면서 올해의 살림살이를 마무리할 것이다.

요즘 뒷산을 자주 올라가는 것은 한참 영글고 있는 밤송이 때문이다. 이놈들은 가을 햇빛에 하루가 다르게 크기가 달라지고 있다. 이번 비바람에 떨어진 놈 없이 알차게 살을 찌우고 있어서 반가웠다. 어제 아침에는 아직 벌어지지도 않은 풋밤을 까서 맛보았다. 고소한 그 맛에 하나를 더 털어 볼까 하다가 자연의 순리와 속도를 존중해 주기로 했다.

며칠 사이에 성질 급한 이른 밤들이 벌써 떨어진 모양이다. 그저께 공양주 보살이 햇밤을 쪄서 내놓았다. 절 앞으로 보이는 묘소 뒤에 서 있는 나무에서 주웠다고 했다. 그곳은 묘소의 연고자들이 밤나무의 주인이다. 지난해 그 아래에서 밤을 줍다가 인기척 소리를 듣고 그 사람들이 주인이란 것을 알았다. 산밤이라고 막 줍다가는 망신을 당하기 쉽지만 아직까지 동네 인심이 그리 야박하지는 않다. 작정하고 따 가는 것이 아니라면 서로서로 웃고 지낸다. 도토리든 밤이든 가을 열매는 동네 사람들이 함께 나누어 먹는 것이다.

가을비 맞고 있는 구절초를 보았다. 이제 절기는 국화 피는 계절. 화단의 국화 종류들이 개화를 준비하고 있다. 봄부터 가을까지 꽃들은 때를 맞추어 핀다. 풀을 솎아내는 일은 힘들지만 이는 꽃을 가꾸는 이들의 소소한 즐거움이다. 사시사철 꽃이 피고 지면서 안복眼福을 누리게 하는 것이다. 겨울철에는 꽃이 없지 않느냐고? 왜 없어. 겨울엔 설화雪花가 피질 않던가. 이렇다면 우리 주변에는 일 년 내내 꽃이 피고 지는 셈이다.

지난밤에 내린 비로 마당이 파이고 흙이 쓸려 나갔다. 여름 장마가 끝난 뒤에 마당을 손질해 주었는데 간밤의 세찬 빗물에 여기저기 흉터가 생기고 말았다. 이 비 그치고 나면 날을 잡아서 마당 정리 작업을 해야 할 듯싶다. 매일매일 수염을 깎아야 하듯 일상의 일도 이렇게 되풀이되는 질서다.

빗줄기가 굵어져서 방금 산신각 문을 걸어 잠그고 왔다. 이런 날 방문하는 사람이 없으리라는 생각에서다. 지금 때는 추석 명절을 앞두고 있는 시점이다.

불일암을 다녀오다

    남도의 봄을 느끼기 위해 심춘尋春 순례에 나섰다가 오랜만에 전남 순천 선암사에 들렀다. 그러나 선암사의 고매古梅는 꽃봉오리만 터질 듯 한껏 부풀어 있고 그 은밀한 속을 보여 주지 않고 있었다. 기대했던 은은한 암향暗香을 마음껏 즐기지 못한 아쉬움을 매화나무 아래에서 달랬다. 그곳은 아직 이른 봄.

    길을 나선 김에 선암사와 이웃하여 있는 송광사를 참배하였다. 조계산을 사이에 두고 이렇게 두 본산本山이 마주하고 있다. 내가 송광사에서 살던 시절은 20대 후반. 눈빛이 형형하던 청안납자靑眼衲子의 그때가 세월 따라 흘러갔지만 그 시절의 수행 일과는 교화의 업으로 형성되어서 지금까지 내 삶을 받쳐 주는 든든한 터전이 되고 있다.

그 당시 송광사를 수행 장소로 선택한 것은 법정 스님이 계신다는 이유에서였다. 교통도 불편했던 송광사를 세상에 널리 알린 것은 아무래도 법정 스님의 공덕이라 해도 과언이 아니다. 스님이 40대 후반에 송광사의 산내 암자였던 불일암佛日庵에 은둔하면서 필명筆名과 함께 송광사 또한 유명세를 타게 된 것이다. 절집에서는 송광사가 이미 16국사國師를 배출한 유서 깊은 명찰이었다지만 근래에 송광사를 홍보한 것은 법정 스님의 역할이 컸으므로 그의 인기는 국사國師 못지않게 국민들의 존경을 받은 셈이다. 한 인물의 역할이 이토록 중요하다.

생전에 스님을 딱 한 번 뵙고, 열반하신 후 다비식茶毘式을 치를 때 멀리서 지켜보았다. 스님을 만난 인연부터 먼저 이야기해야겠다. 법정 스님을 직접 뵌 것은 강원도 오두막으로 떠나시기 전 여름이었다. 그때 나는 해인사 강원講院의 편집 일을 맡아 보고 있었다. 책을 준비하면서 강원 선배였던 법정 스님의 원고를 받고 싶은 욕심으로 불일암을 방문했다. 스님은 풋내기 후배들을 반갑게 맞이하면서 이렇게 말씀하셨다.

"요즘 밀린 숙제(원고)가 많아서 자네들 숙제는 해 주지 못하겠는데 어쩌나?"

아주 위트 있는 겸손한 거절에 청탁서를 내밀지도 못하고 하산하고 말았다. 나는 그 이듬해에 송광사의 식솔이 되긴 했으나 스님은 강원도 산골로 거처를 옮긴 뒤였다. 그 뒤로 뵐 일이 아주 없게 되었다. 동일한 시대를 살았더라도 스승 복이 없으면 대면할 날이 오지 않는 법이다. 그러므로 존경하는 스승이 있다면 미루지 말고 그를 찾아 안부를 묻고 법을 구해야 옳다.

이번 만행 길에 다시 찾은 불일암. 후박나무 그늘도 여전하고 뒤뜰의 매화나무도 그 자리를 지키고 있으며 채소밭이나 우물가도 그대로다. 옛 주인의 청정한 기상이 그대로 남아 있었다. 부엌문을 열어 보아도 예전 그대로의 살림살이다. '빠삐용 식탁'이라 불렀던 작은 테이블과 의자 하나, 솥이 걸린 아궁이와 부뚜막, 양념류를 보관하던 찬장 등.

법정 스님이 불일암을 떠나 계실 때는 그의 제자들이 암자를 지키며 살았는데 편리한 주방으로 개조하는 것을 허락지 않으셨다. 수행자가 전기와 수도를 끌어 들이면 본분 수행을 망각하게 된다는 이유에서다. 이 원칙은 아직까지 불일암의 교훈이 되어 전해져 오고 있다.

송광사에서 지내던 때 이 부엌 신세를 몇 번 진 적이 있다. 암자를 지키던 시자侍者 덕문 스님의 국수 공양에 자주 동참하여 별미를 맛보곤 했다. 별채의 작은 툇마루에 앉아 국수를 말아 먹던 기억이 새롭다.

법정 스님의 대표작 『무소유』는 조사어록의 반열에 올려도 손색 없을 명저名著다. 스님이 남긴 게 어디 말과 글뿐이겠는가. 그의 사상과 발자취는 만고萬古에 빛날 법어들이다. 법정 스님이 후학에게 남긴 유훈은 가난한 삶이다. 비본질적인 요소에 시간 낭비하지 말라는 것이 일평생 고구정녕 말씀하신 법문. 그는 평소 실천을 통해 그 길을 보여 주었기 때문에 열반 이후에도 삶의 교과서가 되고 있는 것이다.

2009년 길상사 봄 정기법회에서 하신 말씀은 역사에 남을 절창絶唱이다.

"봄날은 간다. 덧없이 간다. 이 자리에서 다하지 못한 이야기는 새로 돋아나는 꽃과 잎들이 전하는 거룩한 침묵을 통해 들어라."

법정 스님이 머물던 불일암에는 다시 봄이 시작되고 있었다. 봄이 와서 꽃이 피는 게 아니라 꽃이 피기 때문에 봄을 이루는 것이다. 이 대지에 봄이 오지 않는다면 무서운 일이다. 따라서 봄이 와도 꽃이 피지 않는 자연의 오류가 더 두렵다는 것을 알아야 한다.

올해에도 자연의 신비가 마음껏 물감을 풀어 내고 있다. 때는
눈부신 봄날이다.

오늘은
당신들의 생일이다

사월 초파일 아침. 이곳으로 거처를 옮기고 처음 맞이하는 불탄일佛誕日이라서 어느 때보다 경건하게 새벽 문안問安을 올렸다. 뜨락에는 지난해에 옮겨 심은 불두화가 앞다투어 피었다. 형형색색의 연등이 오월의 꽃들을 더 찬란하게 한다. 지금 사바세계는 온통 꽃잔치.

오늘은 모든 생명이 부처로 태어나는 날. 곳곳이 다 부처다. 저 나무도 부처요, 저 바위도 부처이며, 저 시냇물도 부처다. 부처는 번뇌에 물들지 않은 본래 그대로의 모습을 말한다. 그래서 청정 성품을 불성佛性이라 하지 않았던가.

지금으로부터 27년 전, 1986년에 당시 우리 종문宗門의 어른이셨던 성철 스님은 초파일 법어法語에서 이렇게 말씀하셨다.

"교도소에서 살아가는 거룩한 부처님들, 술집에서 웃음 파는 엄숙한 부처님들, 밤하늘에 반짝이는 수없는 부처님들, 꽃밭에서 활짝 웃는 아름다운 부처님들, 오늘은 당신들의 생일입니다."

신분고하를 따지지 않고 삼라만상과 산천초목이 모두 부처님이라는 말씀이다. 밤하늘의 별 하나, 길가의 꽃 한 송이도 모두가 공경해야 할 거룩한 대상들이다. 우리 주변엔 이처럼 부처님들이 수없이 존재한다. 눈을 뜨면 모두가 부처다. 분별이 사라지면 보이는 모든 것이 아름다운 인연.

성철 노사老師가 말하기 전 당나라 때 선승 조주 스님의 '삼전어三轉語' 법문도 이와 다르지 않다.

진흙 부처님은 물을 건너지 못하고
나무 부처님은 불을 건너지 못하고
쇠로 만든 부처님은 용광로를 건너지 못한다.

그렇다면 참부처님은 어디에 있다는 것인가?

형상에 머물러 있는 부처님이 아니라 숨쉬는 부처님의 존재를 찾으라는 것이다. 우상을 넘어 자각自覺을 통해 자기의 부처를 만나라는 가르침. 여기에 불교의 묘미가 있고 선문禪門의 파격이 있다. 어느 종교를 보더라도 교주의 권위를 이처럼 부정하고 무례한 언사를 던진 집안이 있던가. 그러나 철저한 부정은 철저한 사랑이라는 것을 알아야 한다.

수행자에게 중요한 것은 학식이나 지식이 아니라 지혜롭고 자비스러운 행동이다. 독선과 교만은 자비를 잉태할 수 없다. 아집과 권위를 세력처럼 쓰는 이가 있다면 그 사람은 아직도 불쌍한 중생의 부류다.

나 자신을 '부처'라고 생각하는 것은 좋은 습관이다. 스스로 활불活佛 선언을 해 보자는 것. 누구나 매사에 부정적인 열등의식이 가득하다. 나는 못났다, 되는 일이 없다, 능력 없는 사람이다, 나는 불행하다…. 자아에 대한 이런 부정 의식이 깔려 있다.

중생이란 무엇인가. 번뇌가 덜 떨어진 사람일 뿐이다. 그래서 스스로 당당하고 적극적인 존재 의식으로 전환하는 순간 부처가 될 수 있다는 말이다. 자기 안의 어둠을 털고 일어날 때 긍정적인 부처를 만나는 것이다.

부처님이 이 땅에 오신 것을 밝은 등불이 나타난 것에 비유한다. 등불은 어둠을 없애 주기도 하지만 따스한 위안이기도 하다. 어둠이 가득 찬 동굴 속에 있다고 상상해 보라. 어둠 자체가 불안이며 공포일 것이다. 그러므로 등불은 희망이며 평화다. 부처님이 우리들에게 밝은 인생의 길을 제시했다는 그 사실에 관심을 두어야 한다.

이번 초파일 봉축 표어가 '세상에 희망을, 마음에 행복을'이다. 이 표어를 살짝 바꾸어 보면 오히려 그 뜻이 명확해진다. '마음에 행복을, 세상에 희망을'. 이렇게 바꾸는 것도 괜찮다. 마음이 행복해지는 것이 우선이다. 그런 세상에는 희망이 넘친다. 행복이 무엇인가. 긍정적인 희망을 버리지 않으면 그게 행복이기 때문이다. 그래서 작은 행복이 모이면 큰 행복이 되고 작은 등불이 많아지면 세상은 더더욱 밝아질 것이라 믿는다.

이것이 초파일 아침의 내 생각이다. 잠시 후에 봉행될 봉축 법회 때 대중들에게 이러한 내 뜻을 전할 것이다.

걷기 좋은 길에
지뢰가 더 많다

동지冬至법회를 앞두고 눈이 펑펑 쏟아졌다. 겨울 설경을 마주하고 불공하는 일도 퍽이나 운치 있어서 특별난 추억으로 기억될 것 같다.

동지는 밤이 가장 긴 시점. 오늘이 지나면 점차로 밤의 길이가 짧아질 것이다. 천문학자의 주장에 의하면 동지를 기점으로 해서 하루에 2분씩 해 지는 시간이 늘어난다고 하니까 눈여겨볼 일이다.

이를 동양적으로 해석하면 동지는 음陰의 기운이 끝나고 양陽의 기운이 시작되는 출발점이다. 음이 어둠이라면 양은 밝음 아니던가. 어둠이 지닌 에너지가 불안과 질병이라면 밝음이 지닌 에너지는 희망과 성공이라고 할 수 있다. 동지부터는 어두운 기운이 사라지고 밝은 기운이 작용하는 원리이다.

동짓날 여기 시골 절에도 사람들이 꽤 많이 다녀갔다. 이런 날 팥죽을 나눌 수 있어서 암자를 방문한 이들에게 덜 미안하다. 날이 갈수록 사람과 사람이 살벌해져 가는 요즘 세상에서 팥죽 한 그릇에 인정이 오고갈 수 있어서 흐뭇하기 그지없다.

인적이 끊어지고 다시 고요해진 오후의 산사. 동짓날을 계기로 성쇠盛衰하는 세상 이치를 새삼 정리해 보았다. 밤이 지나면 낮이 오고 낮이 물러나면 밤이 오듯 음양이 이렇게 교차하고 있는 게 우주의 질서다. 무릇 모든 일에는 본말本末과 시종始終이 있는 법. 이것은 우리 인생길도 고락이 반복된다는 의미도 담고 있다. 달이 차면 기울고 기울고 나면 다시 차는 것과 같이 우리 인생에서는 길흉의 변수가 있다는 가르침이기도 하다. 그러므로 음양의 변화와 그 조화를 살펴 인생사에 적용하는 지혜를 동짓날에 다시 들여다볼 수 있어야 한다.

인생의 길에는 순풍과 역풍이 불어온다. 매사에 순풍을 원하지만 만사가 뜻대로 호락호락 이루어지지 않는다. 그러나 인생길에서는 때로는 순풍이 화가 되기도 하고, 역풍이 오히려 큰 복으로 변하기도 한다. 그 변화와 변수는 참으로 헤아리기 어렵다.

일전에 세간의 이목이 집중되었던 검찰총장이 혼외자식 문제로 사퇴를 한 적이 있는데, 이는 명예를 얻은 것이 되레 화근이 된 경우다. 반대로 신임 검찰총장으로 임명된 사람은 그 역풍 때문에 일신의 복이 되었다고 할 수 있다. 따라서 좋은 일에는 더욱 조심하고 좋지 않은 일이라도 그 뜻을 살펴 더 먼 곳에 시선을 두어야 한다.

우리 인생에서는 순풍에 돛 단 듯이 순항하는 경우는 드문 법. 누구나 한 번쯤은 역풍과 마주하게 되어 있다. 이처럼 우리는 삶에서 고난과 장애를 만나게 될 수밖에 없기 때문에 역풍 예찬도 필요하다. 역풍을 이용하여 전진의 동력으로 삼는 요트를 보라. 역풍이 불지 않으면 앞으로 나아갈 수 없지 않던가. 이 같은 불편의 과정을 이겨내야 우리는 성장할 수 있고 삶의 속내가 깊어진다.

일본의 역사소설 『대망』에 나오는 도요토미 히데요시의 명대사를 기억한다.

"어깨에 진 짐이 가벼우면 인간이 안 된다."

때때로 실패를 겪어야 삶은 안으로 여물 수 있다. 인생의 무게가 가벼우면 큰 인물 되기가 쉽지 않다는 뜻으로 해석할 수 있겠다. 인생에서 힘들이지 않고 성공하는 일이 얼마나 있을까. 몇 번의 좌절과 시련을 딛고 일어선 자가 동트기 전이 가장 어둡다는 사실을 알게 된다. 그 어둠을 견딘 자만이 아침 햇살이 얼마나 눈부신지를 아는 것이다.

그러므로 우리 인생에서는 역풍을 맞이하는 자세가 매우 중요하다. 미군들에게 전해 오는 격언 중에 이런 말이 있다고 들었다.

"걷기 좋은 길에는 항상 지뢰가 묻혀 있다."

어쩌면 잘 닦인 길이 더 위험할지도 모른다. 따라서 평탄한 인생길에 함정이 있고 변수가 많다는 것으로 위로 삼자. 동짓날의 깊은 밤도 내일부터는 점점 옅어질 것이니 이것이 돌고 도는 세상 이치이다.

행복은
어디에서 오는가?

"행복의 기준이나 조건이 어디에 있는가?"라고 물으면 늘 불행하다.

오히려 이렇게 물어야 한다. "행복은 어디에서 오는가?"라고.

행복은 밖에서 구하는 것이 아니라 내 안에서 하나둘씩 스며나오는 것이다.

행복의 조건들이 재산과 명예에만 연결되어 있는 게 아니다.

그 외에도 알콩달콩한 소중한 부분들이 더 많다는 것을 알았으면 한다.

행복의 꼬리를
따라가면 안 된다

우리 절 이웃집에는 개 두 마리를 키우고 있다. 어제는 산책을 하다가 그놈들을 들여다볼 기회가 생겼는데, 마침 개 한 마리가 꼬리가 가려웠던지 머리를 꼬리에 가까이 붙여 긁으려고 했다. 그렇지만 꼬리를 잡으려 할수록 머리가 계속 따라가면서 빙글빙글 돌기만 할 뿐 끝이 나지 않았다. 그 모습을 보고 나도 모르게 웃음이 나왔다.

문득 수피 우화에서 읽었던 이런 대화가 연상된다.

귀여운 강아지가 자신의 꼬리를 뒤쫓으며 빙빙 돌고 있는 것을 보고 어미 개가 왜 그러냐고 물어보았다. 그때 강아지는 행복이 자신의 꼬리에 있기 때문에 뒤쫓고 있다고 말한다. 그러면서 자신이 꼬리를 잡기만 하면 분명 행복해질 것이라고 했다.

그때 어미 개는 이렇게 가르쳐 주었단다.

"나도 개에게 행복은 꼬리에 있다고 판단했다. 그러나 내가 나 자신의 일에 열중할 때 그 꼬리는 자연히 나를 따라오기 때문에 그것을 뒤쫓을 필요가 없다는 것을 알았단다."

행복을 추구하며 좇아 가는가, 행복을 스스로 만들어 가는가를 묻고 있는 것이다. 우리들도 현재의 시점에서 이런 질문을 던져 보아야 할 것 같다. 무지개를 잡으려는 사람이 아무리 들판을 내달려도 무지개는 또다시 저 산 너머에 있듯이 행복을 잡으려는 사람에게 행복은 언제나 멀리 있게 마련이다. 누누이 말하지만 행복은 좇아 가면 안 되는 것이다.

인도의 성자 간디는 그의 일기에 다음과 같이 적었다.

"우리가 행복을 좇아 가면 행복은 우리를 피해 간다. 사실 행복은 내부로부터 오는 것이다. 행복은 밖에서 살 수 있는 물건이 아니다."

따라서 행복을 마냥 기다리면서 세월을 낭비할 것이 아니라 살아가는 일 자체가 행복의 여로가 되어야 한다는 의미다. 사람이 어리석은 것은 언제나 행복을 기다리면서 갈망하고 있기 때문이다.

내일의 약속에 기대어 그 문 앞에서 몇 년이고 서성거리는 사람들이 아주 많다. 그러나 '내일'은 오지 않는다. 왜냐하면 내일이 오늘이 되면 그 '내일'은 또다시 다음날로 달아나 있기 때문이다. 그러므로 오늘이 내 생애에서 가장 젊은 날이라고 여겨야 위로가 된다. 내일의 행복을 위해 오늘의 소소한 일상을 흘려보내는 것은 크게 잘못된 생활 방식이라는 것이다. 지금 최선을 다해 열심히 산다면 행복은 뒤따라오지 않을까? 마치 개의 꼬리가 머리를 따르듯이.

사실 행복의 조건들은 우리 주위에 얼마든지 있다. 굳이 담 밖의 남의 집에만 있는 게 아니다. 퇴계 선생도 자신의 손자가 남의 집에 가서 개살구 줍는 것을 보고 탄식했다는 일화가 있다. 자신의 집 정원에도 살구나무가 있는데 그것의 가치와 존재를 손자가 몰랐던 것이다. 이웃집의 행복만 부러워하지 말고 내 집에 이미 구족되어 있는 행복의 조건을 찾는 것이 훨씬 성숙한 자세이다.

생각해 보면 자신의 주변에 행복의 알갱이들이 숨어 있을 것이다. 이와 같이 일상 안에서 일어나는 사소한 일들을 관찰하고 느낄 줄 알아야 행복을 발견할 수 있는 가슴이 열리게 된다. 거듭 말하지만 행복은 목적이 아니라 매일 발견해야 할 삶의 과정이다.

인도의 명상가 라즈니쉬는 "행복은 산소와 같은 것이어서 행복할 때는 그 존재를 모른다."고 갈파했다. 살아가면서 크게 불편하다는 것을 느끼지 않는다면 행복을 구성하는 자잘한 요건들이 더 많다는 방증이다.

프랑스의 어느 정신과 의사가 불행의 원인을 알고 싶어서 세계를 여행하는 내용의 책을 읽은 적이 있다. 그 의사는 중국의 '츄린 사원'에서 만난 노승에게 현대인들이 행복하지 못한 이유를 질문하게 된다. 그때 그 스님은 이렇게 대답했다.

"첫 번째 원인은 사람들이 행복을 목표라고 믿는 데 있소!"

이 대답 속에서 불행의 원인을 찾을 수 있어야 한다. 많은 사람들이 자신의 행복이 오직 미래에만 있다고 생각한다. 그래서 행복은 먼 훗날의 목표가 아니라 지금 당장 발견해야 할 과정이 되어야 한다. 내일의 행복을 기다리지 말고 현재의 행복 조건들을 찾으시길.

빠른 속도는 재미없다

우리 산사 주변에는 꽃잔치가 한창이다. 산수유는 피었다가 졌지만 개나리와 벚꽃이 뒤이어 피고 있다. 복숭아나무와 살구나무도 꽃망울을 터뜨렸고 배꽃도 새잎이 움트는 중이다. 저 멀리 앞산의 산벚꽃이 연둣빛 신록과 어울려 물감을 풀어 놓은 듯 화사하다. 울긋불긋한 꽃 대궐이 따로 없다. 이러한 자연의 질서를 가까이하고 있으면 생명의 신비는 그 어떤 종교보다도 엄숙하다는 걸 깨닫는다.

꽃나무의 공통점이 하나 있다. 동백과 같은 몇몇을 제외하고 대부분의 봄꽃은 꽃이 먼저 피고 나면 그 다음에 잎사귀가 파릇파릇 돋아난다. 매화, 목련, 산수유, 벚꽃 등이 그렇다.

여기서 배우게 되는 삶의 지혜가 있다. 웃으면 웃을 일이 생긴다는 이치다. 행복의 방식도 이와 같다. 꽃이 피고 나면 잎이 뒤따르듯이 먼저 웃어야 좋은 일이 연달아 일어난다. 다시 말해 웃을 일이 생긴 뒤에 웃지 말고 먼저 웃으면 웃을 일이 생긴다는 의미다.

봄꽃들은 겨울을 이겨 내고 봄을 맞이한다. 인고의 과정을 무시하고 성급하게 피지 않는다. 우리 삶 곳곳에 스며든 속도 문화는 성급한 생활 습관을 만들어 주었지만 무엇이든지 단박에 되는 것은 없다. 노력과 반복이 삶의 질서를 완성해 준다. 자연의 질서가 아름다운 것은 빠른 속도를 거부하기 때문이다. 봄꽃들이 서로 앞서겠다고 개화의 순서를 바꾼다면 자연은 심각한 홍역을 앓을 것이다. 자연이든 삶이든 자신의 속도와 질서를 지킬 때 비로소 아름답다는 것을 배운다. 내 삶에서도 성급함을 경계하고 조심하며 살고 싶다.

최근에 지인들과 불교 나라로 잘 알려진 라오스를 다녀왔다. 옛 어른들의 표현에 '행락行樂이 불여좌고不如坐苦'라 했는데 어디 나갈 때마다 이 말이 새삼 와 닿는다. "다니는 즐거움이 앉아서 느끼는 괴로움보다 못하다."는 이 말은 여행하는 기쁨도 크지만 먼 여로旅路의 피로가 오히려 성가시고 힘들다는 뜻.

우리나라 70년대 수준의 라오스를 돌아보면서 '빠르다'는 것의 기준을 생각하는 기회를 가졌다. 사통팔달의 우리나라 도로 수준과 견줄 때 이 나라의 도로 사정은 동네 길 같지만 그들로서는 아주 빠른 길일 테다. 그렇지만 직선과 빠른 도로에 길들여진 우리의 습관은 이런 길을 답답하게 여긴다. 그들에게는 빠른 길인데 우리에게는 느리고 불편한 길이었던 셈이다.

우리 시대에 와서 천천히 가는 것을 '불편하다'고 말한다. 모두들 속도의 경쟁 속에서 살아가고 있는 것이다. 라오스 사람들을 보면서 느림의 미학을 잊고 지냈다는 반성을 거듭했다. 우리 인생은 서두를 필요 없다. 세월이 해결해 줄 때가 더 많은 법이다. 소걸음으로 천천히 걸어가면 된다. 탄탄한 내공 없이 서두르기만 하면 오래가지 못한다.

티베트 속담에 "서둘러 걸으면 라싸에 도착할 수 없다. 천천히 걸어야 목적지에 도달할 수 있다."는 말이 있다. 티베트는 고원의 나라이기 때문에 수도首都 라싸까지 빨리 가기 위해 뛰어가면 이내 지쳐서 중도에 포기하고 만다.

천천히 한 걸음 한 걸음 가야 목적지에 무사히 도착할 수 있는 것이다. 이처럼 빨리 가는 인생은 재미없을뿐더러 실패할 확률도 높다. 위대하다는 것이 무엇인가? 해야 할 일을 천천히 꾸준하게 하는 것이 위대한 것이다.

　나는 송대宋代의 문인 황산곡의 시를 무척 좋아한다.

공산무인　수류화개
空 山 無 人　水 流 花 開

　고요한 산에 인적 없어도 물 흐르고 꽃 피더라.

　누가 봐 주지 않아도 천천히 자기 할 일 하는 사람이 훨씬 자연
적이고 인간답다. 너무 빠른 속도는 재미없다.

봄날 투정

꽃필 무렵 날마다 이웃 스님과 어울리다
꽃이 진 후 열흘 넘게 사립문 닫고 있네.
모두들 말하리라 이 늙은이 우습다고.
그러나 한 해의 기쁨과 걱정이 꽃가지에 있으니.

조선 중기의 문신 이산해(1539~1609)는 목은牧隱 이색의 7대손이
다. 이 시는 '늙은이'라는 제목을 달고 있는데 읽을수록 가슴에 남
는다. 봄을 맞이하고 보내는 심사는 옛사람이라고 해서 다를 게
없다는 생각이 든다. 이런 글을 마주 대하고 있으면, 푸석푸석하
던 내 얼굴에 생기가 도는 듯 느껴진다.

꽃이 피면 온 세상의 기쁨을 다 안은 듯 즐기다가, 꽃이 지면 사립문 닫고 사색하는 고인의 심정이 와 닿는다. 이분에게는 한 해의 기쁨과 걱정이 꽃가지에 있었나 보다. 이런 '엄살'을 어찌 우습다 할 것인가. 꽃잔치가 끝나면 들뜬 마음을 가라앉히고 자기의 일에 전념해야 할 것이다. 그래서 꽃이 지고 나면 오히려 사립문을 닫아야 할 때.

요 며칠 동안 꽃놀이에 마음이 들떠 있었다. 성큼 다가온 봄소식에 괜히 마음이 바빠져서 이리저리 바람 쐬러 다녔다. 쌍계사 화계장터 벚꽃 길 구경하고 온 지가 엊그제다. 어제는 이웃 절의 홍매가 만개하였다기에 달려가서 보고 왔다. 이렇게 방 안에서 지내는 시간보다 밖에 나가 어정거리는 시간을 즐기고 있다.

만 평 정도의 땅에 수목을 심고 무릉도원의 삶을 즐기고 있는 지인이 "봄이 되면 꽃을 또 심고 싶다."고 말한 적이 있다. 나 또한 이상하게 봄바람이 불면 묘목 시장으로 발길이 간다. 딱히 심을 만한 땅이 없는데도 매년 한두 그루씩 사 와서 심었다. 야생화 분盆을 여러 개 사들이게 되는 때도 봄이다. 이 대지에 파릇파릇 생명이 움트고 꽃향기 번지니까 마음이 들뜰 수밖에 없나 보다.

생기 넘치는 이 산천의 정기가 내 몸에까지 스며드는 것 같다. 새삼스러운 말이지만 자연은 배신하거나 속이지 않는다. 계절마다 그 신비를 우리에게 풀어 놓는다. 누구의 관심과 손길이 없어도 저 홀로 피고 지기를 반복한다. 이 얼마나 거룩한 법문인가.

우리에게 던지는 아주 오래된 질문이 있다. "꽃이 피어서 봄인가, 봄이 와서 꽃이 피는가?"

입장에 따라 답이 다르겠지만 나는 "꽃이 피어서 봄이다."라는 진리를 믿고 싶다. 단순히 4월이라서 봄이던가. 춘절이 와도 개화가 없다면 어찌 봄날이라 말할 수 있으랴. 그러므로 꽃이 없으면 봄이 아닌 것이다. 만약에 봄의 절기가 되었어도 꽃이 침묵하고 있다면 이것은 재앙이다.

미국의 여류 생물학자 레이첼 카슨이 1962년 『침묵의 봄』을 출간하여 환경 문제를 사회적 쟁점으로 만들었다. 그의 이론을 인용하지 않더라도 인간 중심의 물리적 성장 정책은 결국 자연을 병들게 하고 만다. 우리의 자연환경이 농약에 의해 인식의 마비가 일어나고 내성에 중독된다면 필경에는 침묵하는 때가 올지도 모른다.

자연의 침묵은 스스로 성장하고 진화하는 시스템의 오류를 말하는 것이다. 자연 스스로 치유할 수 없는 반신불수의 환자가 되어 버린다면 그 영향은 고스란히 인간에게 주어진다. 이런 기이한 현상을 우리는 무서워하고 두려워해야 한다. 자연의 율동이 멈추어 버린 '침묵의 봄'을 더욱 주시해야 할 이유가 여기에 있다.

지난봄에는 기후가 불순不順하여 화창한 날이 손에 꼽을 정도
였다. 때때로 황사가 일고 날씨는 흐리고 추웠다. 우리 절 뒷길의
벚꽃은 활짝 피지도 못하고 시들시들 앓다가 봄바람에 생을 마치
고 말았다. 정말로 지난봄은 참으로 심란했다. 찬란하게 꽃피지
못하는 봄은 이렇게 마음의 율동마저 엉망으로 만든다는 것을 배
웠다.

인간 중심의 속도보다는 자연의 속도를 즐길 줄 알아야 꽃이 피
고 지는 것을 눈여겨볼 수 있다. 이 자연의 속도와 질서를 존중할
때 우리는 자연의 은혜를 누릴 수 있을 것이다.

남도에서 시작된 꽃소식이 드디어 이곳까지 도달했다. 이번주
에는 활짝 핀 벚꽃 구경을 우리 절에서 즐길 수 있을 것 같다. 아
침 나절에 궁금해서 살펴봤더니 우리 암자의 벚꽃도 꽃망울이 터
지기 일보직전이다.

달빛 아래에서

방금 달구경을 하고 들어왔다. 법당 용마루 위로 둥글둥글 보름달이 휘영청 떠 있다.

달빛을 벗삼아 마당을 서성이는 시간은 좋다. 겨울 달은 차고 선명하지만 가을 달은 따스하고 정겹다. 바람이 차갑지 않아서 가을 달빛을 감상하기에는 아주 적기다. 허균의 『한정록閑情錄』에는 "강산과 풍월은 본래 일정한 주인이 없고 오직 한가로운 사람이 바로 주인이다."는 내용이 있다. 이처럼 달구경은 한가한 사람만이 누리는 호사다.

달빛 아래 오래오래 서 있는 것을 문탠(Moontan)이라 말하고 싶다. 은은한 달빛에 온몸을 드러내고 있으면 가슴까지 그 따스함이 전해지는 것 같다. 햇살에만 몸을 말릴 게 아니라 달빛의 정기를 받아들이는 것도 권할 만하다. 햇빛은 생명을 키우지만 달빛은 감성을 여물게 한다.

추석날 저녁에는 서울 창덕궁 달빛 기행이 인기라고 들었다. 도심의 고궁에서 바라보는 둥근달은 어떤 감회일지 모르겠다. 내가 사는 여기도 달빛 기행 하기엔 손색이 없다. 달빛 따라서 마을길을 돌아오는 코스가 괜찮다. 구름에 달 가듯이 그렇게 휘적휘적 들판을 걷다 보면 살아가는 일이 괜스레 즐거워진다.

한겨울에 달이 뜨면 뒷길을 따라서 야트막한 동산에 오른다. 그곳에 서면 세상은 온통 설경. 머리 높이 두둥실 달이 떠 있는 정경은 참 교교하다. 이때는 혼자 서 있지만 외롭거나 쓸쓸하지 않다. 겨울 달빛은 무뚝뚝하지 않고 다정하기 때문이다.

겨울 새벽에 홀로 잠이 깨었을 때 창으로 비치는 달빛은 참 뭉클하다. 저 달빛이 없었다면 내 독신의 삶이 힘들 뻔했다는 생각을 해 보곤 했다. 때로는 겨울 달빛이 독신의 삶을 든든하게 받쳐 주는 위로가 된다는 것을 산거山居를 통해 알아 가고 있다.

나의 안부가 궁금하여 잠시 들렀다던 동학사의 비구니 스님이 이런 시를 남기고 갔다.

산에 사는 스님이 달빛이 좋아서
병 속에 물과 함께 달을 담았네.
절에 돌아와 물을 따르니
길어 온 달은 사라지고 없었다네.

달빛을 찻물에 길어 온 산중 스님의 정취가 느껴지는 이 글은 고려의 문인 이규보의 시였다. 그날 그 비구니 벗은 떠났지만 달빛 향기를 담은 시 한 소절이 남아서 나를 위로해 주었다. 벌써 몇 해 전의 일이다.

오늘 하루의 일들을 적어 본다. 점심 무렵 절 초입의 외딴집에 살고 있는 할머니의 며느리들이 다녀갔다. 명절이라서 시골에 들렀다고 했다. 살다 보면 이렇게 뜻하지 않은 손님들이 방문할 때가 더러 있다. 그 집 할머니가 며느리 자랑을 많이 했는데 오늘 궁금증이 풀어졌다. 인연의 시절이 오면 만날 사람은 만나고 떠날 사람은 떠나는 게 세상 이치.

뒤이어 청주에서 노老보살님이 찾아왔다. 초로初老의 아들을 대동해서다. 대학 입시를 앞둔 손녀의 기도를 부탁했다. 부모의 마음은 이렇다. 명절에도 자식 걱정이 먼저다. 이 세상의 모든 부모들은 생명의 근원이면서 사랑의 원천이라는 생각을 해 보게 된다. 자식 사랑의 정성은 언제 어디서나 무궁무진이다.

늦은 오후에는 방문객이 없어서 마을길을 한 바퀴 돌았다. 마을 집마다 손님이 가득했다. 음식을 나누고 인사를 나누는 모습들이 사립문 너머로 넘쳐났다. 이런 명절날이 되면 절집 분위기는 진짜 '절간'처럼 조용하다. 모여들 식구들이 없어서 그렇다.

저녁 공양 후에는 산책길에 봐 두었던 밤송이를 주웠다. 밤 줍는 재미에 맛들이면 아침저녁으로 밤나무 아래를 찾게 된다. 특히 간밤에 바람이 불고 나면 그 다음날은 거저 줍기다. 이런 날은 설렁설렁 주워도 금세 주머니가 불룩해진다. 오늘 주워 온 것은 알이 토실토실 잘 익었다.

어둠이 내리면서 달이 떠올랐는지 궁금하여 몇 번 내다보았다. 밤 여덟 시경에 드디어 기다리던 월광月光 보살 친견. 홀로 즐기는 이런 달맞이는 시골 생활의 잔잔한 기쁨이기도 하다. 보는 이가 아무도 없어 잠옷 바지에 뒷짐 지고 한참을 어슬렁거리다가 방으로 들어왔다. 맑은 바람과 밝은 달을 즐길 수 있는 세상이 호시절이다.

내 생애에 다시없을 소중한 하루가 달빛 따라 흘러가고 있다.

농사는
아무나 하는 게 아니다

밭을 볼 때마다 미안하고 속상하다. 늦여름부터 밭일에서 손을 뗐더니 또다시 풀밭으로 변했다. 마치 주인 없는 밭 같아서 미안하기도 하고 속상하기도 한 것이다. 사정 모르는 과객過客들은 주인의 게으름을 탓할지도 모를 일.

몇 고랑 심어 놓은 고추 농사는 벌레 때문에 알차게 여물지도 못했고, 콩잎도 잡초와 얽혀 있어서 풀과 구분이 안 갈 정도다. 앞으로 수확할 농작물은 고구마와 콩 종류다. 아마 서리태, 땅콩, 검은팥을 심지 않았으면 오래 묵혀 둔 밭이라 했을 것이다.

어제 절 식구들이 모여서 풀에게 '항복 선언'을 했다. 풀을 잡지 못해서 가을 농사에 두 손 놓았기 때문이다. 김장 배추를 진작 해야 했는데 차일피일 미루다가 그 시기를 놓쳤다. 지난해에는 배추, 열무 모종을 심어 그런대로 수확을 했다. 올해에는 풀에 질려서 식구들 중 먼저 나서서 일을 하자는 이가 없었다.

배추 농사를 하려면 풀을 뽑아내고 이랑에 다시 비닐을 덮고 모종을 심어야 한다. 수확할 때까지 약도 쳐 주어야 벌레 먹이가 되지 않는다. 또한 잘라 낸 옥수수대 뿌리도 뽑아야 하는데 이 일도 해 보면 허리를 몇 번 펴 주어야 마무리가 된다. 물론 이런 일은 농부와 견주면 엄살일 테지만 우리 식구들에게는 '어구구' 소리가 나는 일이다.

밭일이나 논일을 혼자서 일구는 시골 어른들을 보면 존경스럽기까지 하다. 반나절을 허리 굽혀 일하는 것이 얼마나 힘든지를 알기 때문이다. 시골의 농사꾼들은 정말 억척스럽다. 한 평의 땅일지라도 빈터로 놀리지 않고 그곳에다 들깨나 콩을 심는다. 그리고 여름작물이 끝나면 김장 모종을 또 낸다. 잘 가꾸어진 농작물은 보기에도 좋지만 그 속에 밭주인의 땀과 노고가 촘촘히 들어 있는 것도 느낄 수 있다.

올해에는 김장 배추를 사서 먹기로 했다. 어떤 금액을 치르더라도 그게 싸다. 밭에 나가서 공들이는 농부들의 노동력을 감안한다면 한 포기의 배추가 결코 비싼 게 아니라는 것을 배우고 있다.

어제는 김장 때 쓰기 위해서 고추 100근을 사서 다듬었다. 농사 중에 고추 농사가 제일 손이 많이 가고 힘들다고 한다. 여름 뙤약볕 아래에서 고추를 따 보면 왜 힘든지를 알 수 있다. 햇빛에 잘 말린 태양초 고추를 보니까 농부의 수고가 배어 있는 것이 느껴졌다. 그전에는 농사가 고된 일이라는 것을 몰랐는데 작은 밭을 통해 농작물에 깃든 정성을 경험하게 되었다.

그래도 올봄부터 여름까지는 즐거웠다. 상추, 깻잎, 쑥갓, 풋고추를 많이 따 먹었고, 감자와 옥수수를 수확해서 여름 별미로 이웃과 나누었다. 호박, 오이, 가지, 토마토를 심어 놓고 키우는 기쁨도 누렸다. 그렇지만 지금은 온통 풀밭.

우리 절 공양주 보살은 여름 내내 밭고랑으로 번지는 풀을 뽑다가 지쳤다. 나는 세 차례나 예초기로 밭둑 근처의 풀을 베었다. 여름 한철 절 주변의 풀을 정리했던 기억밖에 없다. 호미로 작은 풀을 뽑고 돌아서면 큰 풀이 또 자라서 예초기를 돌려야 했다. 예초기 날에 돌이 튀어서 무릎에 성한 곳이 별로 없다.

여름 동안 풀과 씨름하다 보니까 이쯤에서 게으름이 생긴 탓인지 추석 전에는 예초기를 창고에서 꺼내지도 않았다. 쳐서 지나면 풀이 번지는 속도가 느려질 뿐 자라지 않는 건 아니다. 그래서 추석 즈음에 베어 주지 않으면 가을 햇살에 풀씨를 맺는다. 그때를 놓쳤더니 그새 풀꽃 피는 밭이 되었다.

밭농사는 풀을 애초에 잡지 않으면 힘든가 보다. 이번에는 풀에 질려 농사일에서 물러났고 말았다. 아무래도 농사의 달인은 풀 잡는 비결이 있어야 가능할 것 같다. 내년 농사는 풀 잡는 것부터 시작해야 승산이 있을 듯하다.

3천 평 밭농사 짓는 신도가 와서 우리 밭을 보더니 "저것도 농사냐."는 듯이 웃었다. 골병 드는 게 농사란다. 농사는 이론이 아니라 몸으로 익혀야 하는 경험이다. 유전우전有田憂轉이라더니 조그마한 밭뙈기라도 있으니 이래저래 근심이다.

조선 중종 때의 어느 선비는 자신의 밭을 '불원전不怨田'이라 불렀다. 아무리 풀이 무성할지라도 작은 밭이 주는 즐거움을 알기 때문에 그 어떤 상황에도 원망하지 않았다는 것이다. 오는 초하루 전에는 밭둑의 풀을 정리해 준다고 공양주 보살이랑 약속했다. 그나마 다행인 것은 밭 언덕에 있는 감나무에 감이 주렁주렁 열린 것이다. 홍시 따 먹는 재미로 풀 걱정을 잊고 지낸다.

가을이 가네

지난주부터는 낙엽 쓰는 일이 아침의 일상이 되었다. 어제는 다 닳은 몽땅 빗자루를 버리고 새 비를 사왔다. 새로 사온 빗자루 끝이 뭉글뭉글 될 때까지 낙엽을 치워야 가을이 끝날 것 같다. 오늘은 비질을 마치고 추수 끝난 마을 들녘을 바라보다가 어쩐지 마음이 소슬해졌다. 뜰에 찬 그늘이 내리는 이 무렵에는 옆구리가 허전하고 외롭다.

우리 절 마당에 낙엽 지는 순서는 이렇다. 추석을 전후해서 코스모스 필 때쯤이면 벚나무가 제일 먼저 잎을 떨군다. 마치 병든 잎처럼 속절없이 무너지는 걸 보았다. 그 다음에는 감나무. 감잎이 지고 나면 가지마다 달려 있는 노란 감이 더 총총하게 보인다.

그리고 느티나무와 뽕나무 잎이 차례차례 바람에 떨어진다. 첫서리가 내린 뒤에 은행잎이 흩날리는 것은 만추의 풍경이다.

누가 뭐래도 낙엽의 절정은 상수리 숲이다. 찬바람이 불면 상수리 잎들이 일제히 땅으로 돌아갈 준비를 하는데 이때는 하루가 다르게 우수수 떨어진다. 금세 수북하게 쌓이는 낙엽 때문에 길도 사라질 정도다. 낙엽 진 길을 걸을 때마다 바스락거리는 소리가 나서 가을 정취로는 좋다. 그러나 바람이 불면 사방으로 흩어져서 내 성격에 그냥 두지 못하고 치워야 한다.

한동안은 낙엽을 쓸어 모아 숲에다 버렸다. 그러다가 이제는 산처럼 쌓아 놓았다가 바짝 말랐을 때 어둠이 내리는 시간에 불을 놓는다. 그러면 순식간에 활활 타 버린다. 해가 뉘엿뉘엿 넘어간 뒤에 낙엽을 태우면서 그 알싸한 연기를 즐긴다. 물론 바람 부는 날엔 금물.

태우고 난 재는 나무 밑에 뿌려 준다. 낙엽귀근. 낙엽이 다시 그 나무를 성장시키는 거름이 되는 것이다. 서정주 시인은 "내가 죽고서 네가 산다면, 네가 죽고서 내가 산다면."이라고 가을을 노래했다. 이게 자연의 순환이며 모성이다. 다음해 봄에는 그 낙엽이 썩어서 다시 생명의 잎으로 돌아오는 거룩한 질서.

며칠 전에 족자 하나를 꺼내어 다시 벽에 걸었다. 근처 문의면

에 살고 있는 노老사진작가가 올봄에 선물로 주고 간 것인데 가을
풍경에 법정 스님의 글을 적은 작품이다.

가지를 떠난 잎들은 어디로 향할까?
바람에 여기저기 굴러다니다가
마침내는 어느 나무 밑이나
돌부리 곁에 누워서 삭아지겠지.
그러다가 새봄이 오면
뿌리에 흡수되어 수액을 타고
새로운 잎이나 꽃으로 변신할 것이다.
가지에서 져 버린 나뭇잎처럼
떠나지 않고서는 변신이 불가능하다.

그 나무 아래에 그 낙엽이 진다. 그래서 가지를 떠난 잎들을 보
면 그 나무의 생을 짐작할 수 있다. 우리 인생도 마찬가지. 삶의
언행을 보면 그 사람의 인격을 들여다볼 수 있는 것이다. 묵은 습
관이나 낡은 인습은 낙엽 지듯이 거듭거듭 털고 일어서야 한다.

낙엽은 쓸고 나면 다시 떨어진다. 하나의 일을 해결하고 나면
또 다른 일이 뒤따라오는 삶의 리듬과 비슷하다. 고 정주영 회장

이 "바람이 불 때는 낙엽을 쓸지 않는다."는 명언을 남겼다고 들었다. 세상 이치가 그렇다. 세상이 어지러운 시기에는 정면에 나서지 말고 잠시 몸을 피하고 있는 게 상책이다.

낙엽이 한창 떨어지는 날에는 종일 비를 들고 서 있어도 나뒹구는 잎을 감당할 수 없다. 기껏 쓸어 모은 낙엽을 한 줄기 바람이 모조리 흩어 놓을 때는 무정한 바람에 부아가 치밀기도 한다. 그렇지만 마당을 쓸고 나면 아주 정갈한 느낌이 난다. 흙 마당에 비질한 흔적이 남아 있는 게 좋아서 아침마다 쓸게 된다.

뽕나무와 오동나무는 잎이 커서 쓸어 모으는 재미가 없다. 상수리 잎이 쓱쓱 잘 쓸리고 후루루 잘 탄다. 가을 낙엽이 예쁜 것은 역시 단풍나무다. 책갈피에 넣어 두어도 그 색이 바래지 않고 아름답다. 단풍이 곱게 물드는 잎은 그 낙엽도 곱다.

화단 손질에 그제 하루를 꼬박 매달려 마무리했다. 옥잠화와 비비추의 마른 잎을 베어 주고 함박꽃 줄기도 쳐 주었다. 그리고 여기저기 돋아난 가을 풀도 매 주고, 구절초와 코스모스는 씨를 받은 뒤 줄기를 정리해 주었다. 덕분에 앞뜰이 환해졌다. 또한 동해凍害에 대비해 올봄에 옮겨 심은 동백나무는 낙엽으로 감싸 주었고 치자나무는 실내에 들여다 놓았다.

산신각 뒤의 감나무엔 어느새 까치밥만 대롱대롱 달려 있고 열매를 털어 낸 은행나무는 휘어진 가지가 한결 가벼워졌다. 뒷산의 메타세콰이어 숲도 알몸이 되어 간다. 이렇듯 빈 가지를 드러낸 수목들은 아주 의연하게 찬바람을 맞이할 것이다. 긴 겨울을 인고하기 위해 스스로의 부피를 줄이며 제 살을 깎는 지혜를 숲에서 또 배운다.

이제 소나무만 독야청청 남아서 겨울 안거_{安居}의 위로가 되어 줄 것이다. 번번이 낙엽 지더니 이렇게 가을이 가고 있네.

과실나무들의 고마움

이번 가을에는 밤이 풍년이었다. 한동안 밤 줍는 일이 즐거웠다. 밤송이 가시에 찔린 적이 여러 번 있었지만 지인들이 찾아왔을 때는 어김없이 밤 줍기 체험을 했다. 서울서 내려온 손님들도 주워 갔고 엄마 따라 절에 온 아이들도 주워 갔다. 그 많은 알밤들이 각기 주인을 만나서 식탁을 즐겁게 해 주었을 것이라는 생각이 든다. 수풀 사이에 떨어져서 미처 줍지 못한 알밤들은 다람쥐의 먹이가 되거나 씨앗이 되어 생명을 틔울 것이다.

신경 써 준 것도 없는데 밤나무는 이렇게 무상으로 베푼다. 인간 세상은 가는 것이 있어야 오는 것도 있는 법인데 자연은 조건 없이 이렇게 나누어 준다. 이 자연의 은혜 없이 우리는 한순간도 살아갈 수 없다. 공기가 없는 세상이 온다고 상상해 보라. 햇빛이 없는 곳에서 눈을 뜬다고 생각해 보면 그 고마움을 알 수 있다.

시골에 살게 되면서 무상으로 얻는 것이 많다. 특히 결실의 계절에는 더욱 그렇다. 대추도 열리고 호두도 달리고 감도 주렁주렁이다. 그러나 우리 절 모과나무는 침묵하고 있다. 해거리를 하는지 봄날에 꽃은 무성했음에도 열매가 없다. 한편으론 촉매 작용을 할 수 있는 벌이 날아오지 않아서 이런 현상이 나타나는가 싶어서 걱정스럽기도 하다.

내가 처음 이 절터를 잡을 때 늙은 감나무가 세 그루 있어서 고향집 같은 기분이 들었다. 지난해 식당채를 지을 때 한 그루는 다른 곳으로 옮겨 주었는데 다행히 살아서 잎이 돋아났다. 이식할 때 가지치기를 많이 해서 볼품은 없지만 몇 년 안에 하늘을 향해 다시 가지를 뻗을 것이다. 톱으로 쓱싹 베어 버리면 간단한 일이지만 장비를 동원해서 애써 옮겨 심은 것은 나무에 대한 배려와 감사가 앞섰기 때문이다. 나무를 넘기는 데는 톱질 10분 정도면 끝나지만 그 정도의 굵기로 나이테를 가지려면 10년 이상의 세월이 필요하다. 내 손으로 나무의 생명을 함부로 단축시키고 싶지 않아서였다.

세 그루 가운데 늙은 감나무 하나는 절 밭둑에서 큰 그늘을 만들고 있다. 따로 관리하지 않아도 잘 자라는 나무다. 이 나이 든 감나무들이 없었다면 우리 절 둘레가 다소 삭막하고 쓸쓸할 뻔했다.

올해는 감나무에 감이 그다지 많이 달리지 않았지만 홍시도 따먹고 생감은 따서 침시도 만들어 먹었다. 나머지 감은 첫서리 내린 뒤에 따서 곶감을 만들거나 겨울홍시를 만들 생각이다.

상수리 숲의 도토리도 주워서 묵을 쑤었다. 그 작은 열매들이 모여서 도토리묵이 되는 걸 보니 참 신기했다. 상수리나무들은 저 멀리 들판을 바라보며 서 있는 경우가 많단다. 그래서 그해에 흉년이 들면 열매를 많이 달리게 해서 끼니를 해결해 주는 고마운 친구들이다.

밭둑 저편에 수령 150년은 되었을 거대한 은행나무가 있다. 처음에는 절 소유인 줄 알았는데 알고 보니 동네 사람이 주인이었다. 10년 전만 하더라도 이 큰 나무에서 은행을 수확하여 자식들 학비도 보태고 했다는데 근래에는 은행값이 폭락하여 줍지도 않는단다. 근처를 지날 때마다 은행 특유의 냄새가 코를 자극한다. 그냥 버려 두기가 아까워서 주인한테 절 식구들이 줍겠다고 양해를 구해 놓고도 엄두가 나지 않아서 아직 그대로다.

초하루 법회가 있던 날 오후에는 밭에 내려가서 고구마를 캤다. 주먹 정도 크기의 고구마들이 부식창고에 쌓여 있는데 보기만 해도 부자 된 기분이다. 겨울 내내 난로에 구워서 방문하는 이들에게 나누어 줄 생각이다. 고구마 수확하던 날 내친김에 밭둑의 풀을 베고 들깨와 고춧대도 뽑아서 가지런히 모았다. 가지와 토마토 줄기도 걷어 냈더니 밭이 휑해졌다. 깔끔하게 정리된 밭을 볼 때마다 묵은 일 마친 것처럼 마음이 편하다. 이런 일을 거치는 동안 대지의 은혜와 덕을 새삼 접할 수 있었다.

몸을 움직여 하는 일은 그만큼의 노력도 필요하지만 성과가 있어서 좋다. 콩 수확하는 일만 남아 있었는데 어제와 그제 공양주 보살이 콩대를 뽑아서 말리더니 그 일도 마무리했다. 이로써 가을걷이는 다 한 셈이다.

낙엽을 쓸면서

밤새 늦가을 비가 내리더니 오늘은 쌀쌀하다. "가을비 한번에 내복 한 벌."이라는 옛말이 맞다. 비온 다음날이라서 초겨울 기운이 느껴진다. 지붕마다 가을서리가 허옇게 내렸다.

뜰에 쌓인 낙엽이 비에 젖어 있다. 어제 낮엔 바람이 그렇게 불더니 은행잎이 우수수 다 졌다. 비바람에 물든 잎들이 절반 이상 떨어지고 가지와 줄기들이 듬성듬성 제 모습을 드러낸다. 절 초입의 상수리 숲도 어느새 휑하니 비었다. 그야말로 조락의 계절.

오늘 아침에는 낙엽 쓰는 일도 손을 놓고 풍경만 감상 중이다. 바람 부는 날에는 낙엽을 그냥 두어야지, 괜히 나섰다가는 성질만 돋우고 방으로 들어오기 일쑤다. 바람에 이리저리 굴러다니는

낙엽을 한 곳에 가지런히 모아둘 수가 없는 탓이다. 오후쯤 바람
이 잠잠해지면 밖에 나가서 비질할 생각이다.

요즘은 낙엽 쓸고 돌아서면 다시 수북하게 쌓인다. 눈사태만
있는 게 아니고 낙엽사태도 있다. 한창 낙엽 지는 날은 발이 빠질
만큼 쌓이는데 이때는 온통 상수리 잎이 마당을 덮는다. 이런 날
은 낙엽 밟는 느낌이 푹신푹신 전해져 온다. 그저께는 지나가는
바람에 낙엽이 분분히 흩날리는데 그 풍경이 꽃비처럼 아름다웠
다. 마당 쓸고 난 자리에 다시 낙엽이 지는 것은 운치 있어서 좋다.

그렇지만 바람이 휘몰아쳐서 쓸어 놓은 낙엽을 이리저리 흩어
놓으면 속상하다. 치워 놓은 마당이 금세 어지럽게 되기 때문이
다. 일수사견一水四見이라는 논서論書의 표현처럼 같은 풍경이라도
입장은 이렇게 다르다. 낙엽은 치워야 할 사람에게는 일거리로 보
이지만, 낭만에 빠지는 사람에게는 멋진 장면으로 보일 것이다.
청소부는 떨어지는 낙엽이 얼마나 야속할 것인가.

속리산의 어느 암자에 들렀을 때 가을 마당에는 낙엽이 쌓여야
제격이라면서 쓸지 않는 것을 보았다. 그러나 내 성격은 그날그날
치워야 한다는 논리다. 낙엽도 쌓이면 그 무게가 무거워져서 쓸기
도 힘들고 이리저리 날리기 때문이다. 낙엽이 바람에 날려 마당 구
석에 쌓여 있으면 주인의 게으름이 웅크리고 있는 것 같아서 그다

지 좋아 보이지는 않는다.

낙엽 치우는 일은 아침나절이 적격. 이른 아침에는 바람이 없지만 오전 아홉 시가 넘으면 잔바람이 살살 부는 날이 많다. 이때는 낙엽 지는 시각이라서 피하는 게 좋다. 눈이 많이 내릴 때는 눈을 쓰는 게 허사이듯 낙엽이 머리 위로 떨어질 때는 무심히 감상하는 것도 괜찮다. 그리고 비질에도 요령이 있다. 빗자루 끝으로 쓱쓱 쓸어야 힘이 안 들뿐더러 흙이나 돌도 따라오지 않는다. 또한 비질은 느긋한 마음으로 해야지 조급하게 접근하면 오히려 허리만 상하기 마련이다.

은행나무 근처에 떨어진 노란 은행잎은 만추의 정취를 더해 준다. 뒤뜰의 밤나무 잎은 조르르 말려서 바람 따라 바스락거린다. 그러나 저 잎들도 고요한 날에 내가 치워야 할 몫이다. 추승구족 秋僧九足이라더니 늦가을에는 다리가 아홉 개라도 모자랄 만큼 할 일만 연거푸 생긴다.

추위에 대비해서 난로도 창고에서 꺼내 놓았고, 뒤쪽 창문은 방풍 비닐로 감싸 주고, 수돗가의 밸브는 방한 스펀지로 동여매 주었다. 이 작업은 지난해 한파에 수도가 얼고 터져서 낭패를 당한 뒤에 얻은 교훈이다. 그리고 초가을에 들여온 국화 분盆은 땅이 얼기 전에 다시 심어 주고, 연꽃 심은 통에도 물을 가득 채워서 뿌리까지 얼지 않도록 하고 야생화 분들은 실내에 들여다놓았다. 그저께부터는 장작난로에 불을 지폈는데 지붕으로 피어오르는 연기를 보니 새삼 계절의 변화가 실감났다. 이제 낼모레 김장만 마치면 겨울 채비는 끝.

어느 선사가 "봄에는 꽃이 있고, 여름에는 시원한 바람이 있고, 가을엔 밝은 달이 있으며, 겨울에는 흰 눈이 있어서 호시절."이라 했다는데, 나는 이렇게 대꾸할 생각이다.

"봄에는 밭일, 여름에는 김매는 일, 가을에는 낙엽 쓰는 일, 겨울에는 눈 치우는 일."이라고.

계절마다 그때그때 할 일이 있다. 그것이 삶의 과정이기도 하지만 그때의 인생이며 매듭이다.

폭설 앞에서

연일 내린 폭설로 온 세상이 설국이다. 뉴스에서는 폭설 대란이
라는 표현을 쓰면서 피해를 입은 농가와 주차장이 돼 버린 고속도
로 상황을 속보로 전하고 있다. 마을길도 제설 작업이 되지 않아
서 자동차들의 발이 묶였다. 초입의 골목길은 이미 눈밭으로 변했
다. 켜켜이 쌓인 눈 속에 갇혀서 꼼짝 않고 지내고 있으니까 강원
도 산간 지방에 온 기분이다.

이곳에 살면서 눈을 유난히 자주 보게 된다. 여기 오던 그해 겨
울부터 폭설이 잦아서 이제 눈 치우는 일에는 이골이 났다. 눈가
래로 사람 다니는 길을 만들어 놓았으니 왕래하는 일에는 지장이
없겠지만 자동차가 다니려면 동네 이장님의 트랙터가 동원되어

야 할 것 같다. 이럴 때는 만사를 놓고 설경을 감상하는 재미로 지낸다.

　문을 열면 설경이 눈부시다. '월백月白, 설백雪白, 천지백天地白'이라더니 세상이 온통 순백이다. 나뭇가지마다 설화가 피었고, 보이는 것은 눈밖에 없다. 눈 덮인 산야가 맑고 고요해서 청정국토를 마주하는 느낌이다. 이른 봄에 한 폭의 설경산수가 펼쳐진 것이다. 『송강가사松江歌辭』에 "송림에 눈이 내려 가지마다 꽃이로다. 한 가지 꺾어 내어 임 계신 데 보내고저. 임께서 보신 후에야 녹아진들 어떠리."라는 대목이 있다. 이런 날은 혼자서 보기에 아깝다. 정말 은빛 설원의 이 풍경을 사랑하는 이가 있다면 보여주고 싶은 심정이다. 이 절경을 차마 전할 수 없어서 설화가 녹을 때쯤이면 심사가 더 안타깝다.

　이번 3월의 폭설은 100년 만의 기록이란다. 꽃샘추위 치고는 너무 갑작스럽고 당황스러운 기상 이변이다. 무슨 일이든지 마음 놓고 있을 때가 더 위험한 상황 같다. 봄을 기다리는 사람들의 마음속에 꽃 소식보다 때 아닌 눈 소식이 먼저 왔다.

　이번 폭설로 수백억원의 재산 피해가 났다는 집계가 있었지만 내 사는 곳에서는 별다른 재난은 없다. 그렇지만 산중의 나무들이 넘어지거나 부러지는 피해가 있었다. 쌓인 눈의 무게를 견디다 못해 나무 넘어지는 소리가 메아리처럼 골짜기를 울린다. 부러진 가지로 인해 볼품사나워진 나무는 더 많다.

절 마당에 심어 놓은 50년이 넘은 향나무는 큰 가지가 부러져 반쪽의 불구가 되었고, 삼성각 옆의 감나무 또한 굵은 가지 하나를 잃었다. 그래서 눈이 오는 동안 높은 장대로 정원수에 쌓인 눈을 털어 주었다. 특히 소나무는 가지가 부러지면 기품이 사라지기 때문에 더 신경을 써 주었는데 아직 어린 소나무라서 그런지 부러지지 않고 잘 견뎌 주었다.

가만히 보면, 부러지는 것은 나이 많은 노송이 많다. 그만큼 눈의 무게를 감당해야 할 수형의 영역이 크기 때문에 그렇다. 또한 수령을 먹을 만큼 먹어서 견디는 힘도 약해진 탓이다.

젊은 소나무들은 아직은 유연성이 있다. 가지를 늘어뜨리면서 최대한 눈의 무게를 털어 낸다. 그렇지만 의연한 노송은 눈을 털어 내지 못하고 그 무게 때문에 한번에 부러진다. 속리산의 노송들도 줄줄이 가지가 꺾여서 반신불수가 되었다는 소식을 전해 들었다.

나뭇가지의 눈을 털어 주면서 가진 것이 적으면 근심도 줄어든다는 걸 배웠다. 가지가 적거나 잎을 지니지 않은 나무들은 눈의 무게를 피해 갔지만, 가지가 큰 나무들은 눈의 무게를 온몸으로 감당하고 있었다. 긴 가지가 여름에는 그늘을 만들지만, 겨울에는 그 길이 때문에 오히려 손해를 보는 셈이다.

세상에는 이처럼 장점이 때로는 단점이 되는 수도 있다. 그래서 어떨 땐 재주 없는 단순한 삶이 세상의 번뇌로부터 자유로울 수 있다. 주렁주렁 매달고 있으면, 그 욕심의 무게 때문에 결국은 몸이 상하거나 재산을 잃기 쉽다.

눈이 내린 날에는 이곳저곳에서 나무 넘어지는 소리를 들을 수 있다. 이런 설해목雪害木 소리를 듣고 있으면 사람 역시 자신이 감당할 수 있는 몫을 지녀야 한다는 것을 깨닫는다. 기쁨이든 고통이든 그 자체가 지나치면 삶을 무너뜨리고 만다. 소복소복 내리는 눈을 우습게 볼 것이 아니다. 차곡차곡 쌓이면 그 무게는 천근만근이 된다. 그러므로 우리 일상에서도 근심과 소유의 무게를 털어 내는 지혜가 필요하지 않겠는가.

남의 인생을
부러워하지 말라

생쥐 한 마리가 있었는데 그는 고양이가 무서우면서도 늘 고양이가 부러웠다. 그래서 고양이 되는 게 소원이었다. 어느 날 마법사가 생쥐의 소원을 듣고 그를 고양이로 만들어 주었다. 그런데 고양이가 되고 나니 골목에서 만나는 개가 무서워서 도망치는 신세가 되었다. 그는 마법사에게 다시 소원을 말해서 개로 둔갑하였는데 이번에는 사자가 무서웠다. 다시 사자가 되고 싶어서 마법사는 사자로 만들어 주었다. 사자가 되는 순간 어디선가 총소리가 났고 사냥꾼들이 쫓아왔다. 죽을 고비를 넘긴 사자가 마법사를 다시 찾아가서 원래대로 생쥐로 만들어 달라고 부탁했다.

남의 인생은 늘 좋아 보이고 행복해 보이고 화려해 보인다. 그래서 한번씩 부러워하고 동경하기도 한다. 그러나 생쥐가 그랬듯이 누구의 삶에서나 천적은 있고 문제도 있게 마련이다. 지금의 어려움을 피하기 위해 다른 삶을 선택하였어도 역시 책임과 고민은 존재한다.

술 마시는 남편을 만나서 삶이 힘들다고 가정해 보자. 지금의 이 남자를 만나지 않았더라면 하는 후회를 할 것이다. 그렇지만 술 먹지 않는 남자는 피했을지라도 바람 피우는 남자를 만나게 되었을지도 모른다. 이웃의 인생과 나의 인생을 바꾸면 좋을 것 같지만 여전히 문제는 있고 여전히 극복해야 할 부분이 있다.

여기 이야기 하나가 더 있다.

신을 숭배하던 한 남자가 있었다. 신은 그에게 신비한 조개껍데기를 선물했다. 그 조개껍데기는 소원을 하나씩 들어주는 신비한 것이었다. 그런데 시간이 지날수록 소원을 들어주는 것에 대한 감사의 마음은 멀어져 갔고 요구는 자꾸 늘어났다. 어느 날 더 큰 조개껍데기를 가진 사람을 만나게 되었다. 조개껍데기가 크니까 두 배의 소원을 들어줄 것이라 믿고 이 남자는 자신의 조개껍데기와 바꾸게 된다.

그런데 문제가 생겼다. 조개껍데기에게 "10만 루피만 다오!"라고 말했는데 "왜 10만 루피인가? 더 많이 줄 수 있는데."라며 흥정만 계속 할 뿐 무엇 하나도 이루어 주지 않았다. 이 남자는 속은 것을 알고 원래 가지고 있던 조개껍데기와 바꾸고 싶었지만 때는 이미 늦었다.

작은 소원을 여러 번 말하면 똑같아질 수 있는데 한번에 큰 것을 바라는 욕심이 앞을 가린 결과다. 큰 욕심에 팔려 작은 것의 소중함을 놓치면 이런 어리석은 후회를 하게 된다.

김소연 작가가 쓴 『마음사전』에는 행복을 이렇게 정의하고 있다.

행복: 난로 옆에 앉아 졸고 있는 고양이의 미소

이런 소소한 만족이 행복이다. 지금의 불행은 더 많은 것을 요구하는 불만이나 투정 때문에 생긴 것인지도 모른다. 스스로 행복해지려면 비교하는 버릇을 고쳐야 한다. 나의 삶을 다른 사람과 비교하게 되면 열등감이 생기기 쉽다. 그래서 비교하는 습관은 아주 고약한 질병이다. 멋지게 보이던 남편의 외모도 헌칠한 남자 배우와 비교하면 추남이 될 수 있는 것이 이 병의 심리다. 경제학에도 '이웃 효과'라는 용어가 있듯이 이웃과 비교하는 심리로 인해 남 잘되는 것이 부럽고 시샘을 하기 마련이다.

비교하는 습관을 고치는 방법이 있어서 소개한다. '그러나'의 용법을 적극 활용하면 무난하다. 예를 들어 이렇다. "우리 남편은 키가 작다."라고 하면 뭔지 부족하다. 이럴 때는 "우리 남편은 키가 작다. 그러나 유머가 있다."라고 해 보면 현재의 불만족을 반전시키는 효과가 있다. 나는 최근에 '그러나'의 부사副詞를 자주 사용하는데 쏠쏠한 맛이 있다.

"행복의 기준이나 조건이 어디에 있는가?"라고 물으면 늘 불행하다. 오히려 이렇게 물어야 한다. "행복은 어디에서 오는가?"라고. 행복은 밖에서 구하는 것이 아니라 내 안에서 하나둘씩 스며 나오는 것이다. 행복의 조건들이 반드시 재산과 명예에만 연결되어 있는 게 아니다. 그 외에도 알콩달콩한 소중한 부분들이 더 많다는 것을 알았으면 한다. 이것은 남의 인생을 부러워하는 습관을 멀리할 때 가능하다. 남들이 가진 것을 다 가지려 하면 우리 인생이 비참해진다. 이런 분수 밖의 욕심이 언제나 문제다.

이부자리에
부끄럽지 않은 잠

갑작스러운 추위로 해우소의 수도관이 얼어서 아침나절에는 이 일에 매달렸다. 난로를 틀어 놓고 펄펄 끓인 물을 수도관에 몇 차례 부었더니 물이 졸졸 나왔다. 만약 동파라도 되었더라면 이 추운 날에 큰 낭패를 볼 뻔했다. 살아가는 일은 이처럼 예기치 않은 일을 받아들이고 지혜롭게 대처하는 과정이라는 생각이 든다.

연이은 한파로 인해 세상이 꽁꽁 얼었다. 지구 건너편에서는 빙하기처럼 호수와 폭포가 얼어붙었다는 소식이다. 내가 살고 있는 이 고장에도 어제부터 한파 경보가 시작되고 폭설이 예고된 상황이다. 여기 시골의 개울은 두꺼운 얼음장이 되었고 연못도 빙판으로 변했다. 저 건너 논밭은 눈이 겹겹이 쌓여 설원이 되었고, 수목들도 낮은 자세로 북풍한설을 견디고 있다. 이렇게 세상은 이 겨울을 침묵으로 인내하면서 건너가고 있는 것이다. 인고의 시절을 이겨내야 매화 향기가 짙어지듯 사람 또한 추위를 극복할 때 보다 튼실해지고 강인해지는 법.

겨울은 추워야 하고 여름은 더워야 세상이 혼란스럽지 않다. 겨울이 춥지 않으면 보리농사가 잘 되지 않는다고 한다. 겨울 날씨가 따뜻하면 보리가 웃자랄 뿐 아니라 병해충이 월동하여 그해의 농사를 망칠 수 있기 때문이다. 그러니까 아주 추워야 나쁜 질병들이 사라지고 면역력도 강해진다는 뜻이다. 자연의 섭리와 질서는 그만큼의 이유가 있는 것 같다. 그렇기 때문에 이 추운 겨울을 피하지 말고 당당하게 받아들이는 자세가 필요하다.

세상이 이렇게 온통 춥지만 얼음장 밑으로 흐르는 시냇물 소리는 참 정겹다. 고인古人들의 글을 보면 '침류枕流'라는 표현이 눈에 띈다. 흐르는 시냇물을 베개 삼아 눕는다는 뜻인데, 겨울날에도 시냇물을 베개 삼아 잠들 수 있다면 최고의 숙면이라 할 수 있다. 옛 사람들은 이렇게 낭만과 여유가 있었다.

이왕 말이 나왔으니 베개 이야기를 해 보겠다. 우리 조상들은 베개를 '구성침九省枕'이라 불렀다. 잠자기 전에 아홉 번 하루의 일을 돌아보라는 의미. 여기서의 숫자 아홉은 거듭거듭 반성한다는 개념이다. 베개에 머리를 대자마자 금방 잠드는 게 아니라 하루의 일을 반성해 보고 점검하였던 것이다.

조선 중종 때의 학자이자 관료였던 기준(奇遵 1492~1521)은 『육십명六十銘』이라는 글을 남겼는데 여기에 '구성침'에 관한 내용이 등장한다. 최근에 이 글을 풀이한 『조선 선비, 일상의 사물들에게 말을 걸다』를 즐겁게 읽었다. 이 책에는 우리가 무심코 지나쳤던 일상의 사물들에 대한 새로운 시선들이 알알이 적혀 있어서 사뭇 새롭다.

낮이라고 어찌 생각지 않으랴만 밤이면 더욱 더 마음 쓰인다.
앉았다고 어찌 생각지 않으랴만 누웠으면 더욱 더 애가 탄다.
가을밤이 깊어가고 겨울밤이 길어지면
이리저리 뒤척이며 편안치 못하니
나로 하여금 거듭 반성하게 한다.

기묘사화에 연루되었다가 서른도 되기 전에 죽은 이 선비는 이렇게 베개를 두고 시를 적었다. 유배의 상황에서도 자신에 대한 성실한 반성을 잊지 않았다.

해인사 시절에 우연히 목침木枕 하나를 얻게 되어서 자주 사용했다. 목침은 그 느낌이 딱딱하여 오래 잠들 수 없기 때문에 절에서는 잠을 쫓기 위한 용도가 더 크다. 그때 그 목침에는 '광겁장도수마막대廣劫障道睡魔莫大'라는 글귀가 쓰여 있었다. 내 손에 들어오기 전의 주인이 써 놓았던 것으로, "수천 겁을 지낼지라도 잠보다 더 강한 마귀는 없다."는 뜻. 이런 것이 침명枕銘이다. 베개에는 이처럼 간략한 글귀를 적어 잠을 다스리고 악몽을 퇴치하고자 하였다.

이런 태도는 선비들도 마찬가지였다. 다산茶山 선생의 문집에는 "안일하게 지내는 것은 곤경을 불러오고 삿된 생각을 오래 하는 것은 재앙을 불러온다."는 침명枕銘이 소개되어 있다. 이 뜻을 "잠자리가 부끄럽지 않도록 하루 일을 근면하게 하고, 베개를 껴안고 잡다한 망상은 멀리하라."는 의미로 받아들이고 싶다. 베개는 게으름이나 늦잠의 도구가 되어서는 안 된다는 교훈이다. 절집에도 '야유몽자불입夜有夢者不入'이라는 오래된 격언이 전한다. 꿈이 뒤숭숭한 사람은 정신이 흐린 사람이기 때문에 번뇌 망상을 먼저 제거할 때 비로소 당당한 수행인이 되는 것이다.

간밤에 이부자리를 준비하다가 '행불괴영行弗愧影 침불괴금寢不愧衾'이라는 글귀가 떠올라 책을 다시 펼쳐 보았다. 자신의 그림자에 부끄럽지 않은 삶이어야 하고, 잠자리에 부끄럽지 않은 잠이어야 한다는 말씀. 이 글은 18세기의 문인 송문흠이 안방의 침병枕屛에 적었던 좌우명이다. 옛 사람들은 베개와 병풍 하나에도 자신의 뜻과 각오를 적어서 공부에 전념했다는 것을 읽으면서 푹신한 베개를 선호하는 지금의 수행 일상이 다시 돌아봐졌다. 베개는 숙면을 위한 용도이지만 동틀 때까지 베개를 안고 일어나지 않는다면 그 사람은 하루 일과에서 멀어질 확률이 높다.

이 겨울, 춥다는 핑계로 기상 시간이 고무줄처럼 늘어지고 있었는데 다시 잠자리를 고쳐 앉아야겠다는 결심이 선다.

새해 달력을 걸고 나서

새해 달력으로 바꾸어 걸었다. 묵은 달력에 적어 놓은 일정을 보니까 한 해 동안의 분주했던 살림살이가 보인다. 간소한 삶을 꾸려 간다는 일이 참 어렵다는 생각을 해 보게 된다. 번잡한 일은 줄인다고 하면서도 인정에 이끌려 왕래하다 보니 이런저런 형식적인 행사에 많이 참여했다. 세상이 나를 조용히 살게 두지 않는다는 것으로 변명 삼는다.

초의 선사의 시에 "청산靑山이 바삐 가는 백운白雲을 보고 웃는다."는 표현이 있다. 청산의 입장에서는 바쁘게 떠도는 구름이 이해되지 않을 것이다. 청산처럼 앉아서 내 자리를 지킨다는 것이 쉽지 않다. 절 밖의 모임에 참여하고 나면 반나절이 후딱 지나가지

만, 인연의 둘레에서 그들의 은혜를 입고 사는 처지라서 지인들의
요청을 쌀쌀맞게 거절 못하는 게 세상살이다.

조선 중기의 문신으로 알려진 강극성(姜克誠 1526~1576)은 새 달력
을 걸면서 이런 시를 남겼다.

하늘의 뜻과 사람 일은 알 수 없으니
올 한 해 삼백예순날에는
몇 차례나 비바람 불고
그 얼마나 울고 웃을지.

신년 벽두에 새해 달력을 걸 때마다 분주하게 살지 않겠다고 약
속했는데 올해 그 맹세를 또 했다. 일을 줄이고 또 줄여야 한다는
결심이 바로 서야 그마나 덜 분주해지기 때문이다. 물론 여기서의
일은 소모적이고 낭비적인 허례허식을 말한다. 계절마다 주어지
는 자연의 일은 그마나 생산적이다. 그러나 하늘의 뜻과 사람 일
은 알 수 없어서 내 뜻대로 안 될 때가 더 많으니 그 부분은 인정
의 여백으로 받아들여야 할 것이다.

지난 동지 때 신도들과 팥죽을 나누면서 새해부터는 '3소 운동'
을 실천하자고 역설했다. 이른바 미소, 검소, 간소다. 미소는 친

절하자는 뜻이며, 검소는 아껴 쓰자는 뜻이며, 간소는 불필요한 일을 줄이자는 뜻이다. 이 가운데 검소는 정말 필요한 생활양식이라서 이 기회에 또 한번 강조하고 싶다. 나는 지난 일 년 동안 일절 옷을 사 입지 말자고 다짐했다. 그런데도 옷장에는 아직도 입을 옷이 많다. 새 옷을 구입하지 않아도 일 년 내내 입고 벗어도 모자람이 없었다.

생활이 어려웠던 시절에는 의복이 대부분 단벌이었기 때문에 해지고 낡게 되었지만 요즘 시대에는 기워 입는 경우가 거의 사라졌다. 의복이 여러 벌이므로 너덜해지거나 닳아질 이유가 없어서다. 무엇이든 하나뿐이어야 귀하고 소중한 법이다. 일전에 양말을 바꾸어 신다가 발가락 부분이 닳아 구멍 난 것을 보고 새삼 이 부분을 생각했다. 구멍이 날 정도로 양말을 신어 본 지도 참 오래구나 싶어서 생활 깊이 스며든 윤택한 삶이 되돌아봐졌다.

히말라야의 라다크 사람들은 제한된 자원을 조심스럽게 쓰는 것을 검약이라고 정의한다. 물건이 다 낡아서 더 이상 사용할 수 없을 때 다시 그 물건의 용도를 찾는다고 한다. 즉, 사람이 먹을 수 없는 것은 짐승에게 주고 연료로도 쓸 수 없는 것은 거름으로 주면서 살고 있다. 다시 말해 폐품이 아니라 재활용품으로서의 용도를 최대한 활용하는 것이 검약이라는 것이다.

부처님의 제자 아난과 코삼비의 국왕이 만나는 장면에서 다음과 같은 대화가 등장한다.

"스님들이 입던 헌옷은 어떻게 하시렵니까?"

"그 헌옷으로는 이불 덮개를 만들겠습니다."

"그 전에 쓰던 헌 이불 덮개는요?"

"그것으로는 베갯잇을 만들겠습니다."

이 문답은 코삼비의 국왕이 스님들을 위해 새 옷을 시주하면서 시작된 이야기다. 아난은 왕의 궁금증을 알아채고 이렇게 마무리 짓는다.

"헌 베갯잇은 방석을 만들고, 헌 방석은 발수건을 만들고, 헌 발수건은 걸레로 만들고, 헌 걸레는 잘게 썰어 진흙과 섞어 벽을 바르는 데 쓸 것입니다."

우리가 입던 헌옷이 이런 단계를 거쳐 다시 자연으로 순환된다면 완벽한 절약이다. 그런데 현재 우리의 생활 습관은 버리는 단계에서 끝나고 말기 때문에 그 심각성이 크다 하겠다.

내가 겨울에 입는 누비 바지가 있는데 헝겊으로 군데군데를 덧대어 기워 놓았음에도 자꾸 눈길이 간다. 새 옷이 주는 어색함이 싫어서 이 바지를 더 즐겨 입게 된다. 옛것에는 세월의 흔적이 배어 있어서 그렇다. 낡고 오래된 것이 주는 즐거움은 정겹고 편리하다는 것이다. 어떤 이는 새것이 주는 낯선 느낌이 싫어서 옷을 입더라도 구제 옷을 입고 차는 중고차를 타고 다닌다. 신축 아파트는 멀리하고 구식 집에서 생활한다. 오래된 물건이 주는 어떤 질감과 기운이 좋아서다.

새것보다는 옛것을 오래 쓰는 즐거움을 누릴 수 있어야 지성을 지닌 문화인이다. 이상하게도 근래에는 검소한 생활습관이 교양 있는 삶이라는 생각이 앞선다. 올해부터는 나 자신이 이런 교양인의 반열에 먼저 동참해야겠다는 결심을 달력 앞에서 해 본다.